明日も生きる

Live tomorrow.

本間ちなみ

リーブル出版

明日も生きる

《児童虐待防止法　平成12年法律第82号》

児童虐待の防止を目的とされた法律。
昭和の時代、この法律がもっと早く施行されていれば
私はまた違った生き方をしていたのだろうか。

施設での辛い日々

「寒い雪が降り注ぐ昭和44年2月28日、午前5時台に生まれた」

母は私にそう語っていた。後から聞いた話では、生まれて2日目、真冬の時期に、教会の入口でカゴに入れられ棄てられていたという。そこには《この子は女の子です。名前はまだ付いていません。私には育てられません。よろしくお願いします》と記していたそうだ。

私の《ちなみ》という名前は、その教会のシスターが名付けてくれたのだ。

2歳までの記憶はさすがにないが、2歳以降は川崎市（現在・横浜市）の無認可の施設に預けられていたことを覚えている。そこを選んだのは母のようで、50年前の当時にして1カ月1万円〜2万円の費用だったらしい。建物は、施設というよりも一般家庭の家の中に子ども数人が預けられているようなもので、いつも汚れた服を着せられ、衛生上あまりよろしくない環境に、私はいた。

3歳頃、期限が切れた牛乳を飲ませられたことがあった。腹痛を訴え、病院へ行くことになると施設員が私の右手を〝グイッ〟と引っ張り、「オマエは手がかかる子だね！　次また、金のかかることをしたら食事は抜きだからね！　気をつけろ！」と罵声を浴びせられた。

そんないじめは毎日続いた。

ある日、ジャリ石で敷き詰められた庭で1人遊んでいると「早く隠れろ！」と、施設の誰かが私に言った。なんと来訪してきたのは、私の実父だった。「私の娘がこちらにいると、別れた妻から聞いて来ました。私が娘を育てます。返してください」

しかし、施設員は私の母から「実父が来ても娘を渡さないで」と言われていたのであろう。「返せません。費用を払っているのはお子さんのお母さんですし、無理です」と玄関先で話していた。

しかし、外にも飛び出るくらいにあるビールの空き缶やゴミが散乱している〝あまりよろしくない環境〟は、一目瞭然だ。実父はさらに40分ほど粘っていた。私は幼いながらに「お父さん、たすけて！」の思いでいっぱいだったが、最終的には施設の他の子どもから「帰れ！　帰れ！」とひどいコールが始まり、実父は「また来ます」と言い残して、その場から立ち去った。ジャリ石の上を歩く足音が、どんどん、どんどん遠くなっていくのを感じた。

その出来事を知った母は、一時的に私を引き取りに来た。連れて行かれたのは、古びた2DKのアパート。カーテンが閉めきられた、やけに酒くさい部屋だった。うす暗さの中で、1人の男が眠っていることに気がついた。

当時、母は水商売をしていたので、夜はアパートにいなかった。3歳の私は母が恋しくなり、片手にぬいぐるみを持ち、裸足に〝チュチュ〟と鳴るサンダルを履き、アパートを飛び出した。暗い夜空、1人で知らぬ道を歩き、電車の音が近くなる方向へ一生懸命歩き進んだ。

3歳の足で40分くらい歩いただろうか。うっすらと明るい、小さな駅にたどり着いた。

「ここで待っていれば、きっと母は帰って来る」

その一心で、電車が止まるたびに改札口を見ていた。しかし、待っても、待っても、母の姿はない。

2時間くらい駅に立っていると、小さな子どもが1人でいることを不信に思った駅の売店の従業員が駅員と話をし、私に尋ねてきた。

「お嬢ちゃん、1人なの？　何をしてるの？　誰か待ってるのかな？」

そして、私は警察に一時保護された。数時間後に母が迎えに来たが、このとき母は思っただろう。「同居している男が娘を見てくれれば」と。

今思えば、母には私を幼稚園か保育園に預けて、夜ではなく日中に働いてほしかった。しかし、人生とは残酷なものだ。

晴れた空の下、駅の古びた木製のベンチに私は座っていた。私はなぜかとても心細くなり、不安を募らせていた。チョコ菓子を買ってもらい、〝ずっとずっと電車が来なければいいのに……〟と思っていると、母は冷めたように、

「あなたを施設に届けたら、お母さんは東京に引っ越すから、数年は会えなくなる。がまんしなさい」

と言い、それと同時に電車がホームに到着した。

私は母に「施設へ行きたくない」と言おうとしたが、母は一切私を見ず、ただ電車を見ていた。私は信じるしかなかった。いつか、また一緒に暮らせる日が来るだろうと。

再び施設に戻ったが、誰も相手にしてくれず、いつも1人ぼっちだった。誕生日は

もちろん、クリスマスなどのイベントは一切なく、即席めんの焼ソバが〝ごちそう〟だった。4歳、5歳になっても、同い年の他の子どもよりはるかに体が小さかった。唯一大切だったのは、〝チュチュ〟と鳴るサンダル。私にとって、毎日が苦労の連続で、1日1日がとても長かった。

そんな月日を長い間続け、6歳になった時、やっと母が私を迎えに来た。施設は退所し、東京都江東区に移り住むことになった。

悪魔が父になる

母に連れて来られたのは、小さいマンションの3階。部屋に入ると、男が1人立っていた。

母は言った。

「この人が、あなたの〝お父さん〟よ。きちんと言うことを聞いて、お手伝いもしなさい」

その男は、見たことがあった。3歳の時、うす暗いアパートで寝ていた男だ。この男が〝父〟になることを、私はその時初めて知ったのだった。

それからしばらく、母からは、義父のことは「お父さん」と呼び、実父のことは「おじさん」と呼びなさい、と命令するような口調で伝えられていた。

桜がきれいに咲いた頃、私は地元の小学校へ通うことになった。

生活面で変わらないのは、母が水商売で働いていること。私は、もう6歳。義父とは食事をするなど、ごく普通の親子生活が始まったかと思いきや、何かが変だった。

義父は、私の行動を観察するのだ。

当時のトイレは洋式がなく和式が主だった。私がトイレに行こうと席を立つと、義父から「ちょっと待って」と我慢させられた。何をするのかと思えば8ミリビデオカメラを用意して、

「トイレのドアを開けて、おしっこしなさい」と命令口調で言われた。

6歳の私が素直に下着を下ろし、便器をまたいで用を足すと

「いいねー、いいねー。うまく撮れている。そのまま紙で拭いてみて」と義父は言った。

入浴後はドアの前で待っていて、手を引っ張りながら

「ねぇー、お父さんの前で体を拭いて、着替えて」と言う。

私は反抗することなく、言う通りやっていた。

寝ようと布団の中に入り、私は思った。〝普通のお父さんって、こんなことするのかな？〟と。

翌朝、母に昨夜のことを聞こうとすると、それよりも先に義父に呼ばれた。

「お母さんにはすべて黙っているんだ。分かったね？」

夏……秋……と季節が過ぎ、クラスの中で「サンタクロース」の話題が出始めた。

私も母や義父に尋ねたが、

「サンタクロースはいい子のところにしか来ないんだよ」と言われた。

当時はTVが白黒だったせいか、ピカピカときれいに光るものを目にするのは、登下校中だけだった。1カ所、公園横にある喫茶店の中にはピカピカと光るツリーがあった。窓越しから見ていると、店主が出てきて、

「1年生だね？ 楽しみだね。もうすぐクリスマスだよ！ サンタさんも来るよ」と言うので、私は思わず「絶対に来ますか？」と尋ねると、店主は、「来るよ！ 必ずね。またツリーを見においで」と言った。

私は12月25日が楽しみだった。

冬休みに入り、12月25日の朝を迎えた。起きると、義父も母も仕事なのかいなくて、プレゼントは何もなかった。すると、5階に住んでいる子どもの声が聞こえた。

「わぁーい、サンタさんが来たよー」

〝きっと、私はいい子ではなかったんだ〟と思った私は、〝もう一度、あの店にツリーを見に行こう〟と、強い風が吹く、寒い寒いクリスマスを歩いた。しかし、店は閉まっていて、見ることができなかった。〝親に引き取られても、うちは施設と同じ。サンタさんも来ないし、ツリーもない〟この時、私は初めて自分の境遇を悟ったのだった。

3学期になった。掛け布団1枚で明け方が寒くて眠れなかったため、起きるのが少し遅れてしまった。体が多少大きくなったか、服のサイズを小さく感じた。その日の朝は、私の人生を180度変えたのだった。

いつもと同じようにランドセルを背負う。服のサイズを小さく感じたとはいえ、身長が110センチもない背中に重たいランドセルはしんどかった。黄色の安全帽子をかぶり、家を出た。

当時、家から1キロメートル先の公園で登校班の待ち合わせがあり、そこへ行くために私は横断歩道を渡らなくてはならなかった。

通勤ラッシュで車も多く走る時間帯。横断歩道を渡り始めると、青信号がチカチカと点滅しだした。私が小走りで行こうとした瞬間、右側から大型トラックの〝キキィーッ〟という急ブレーキ音がした。

当時の国道14号線は、荒川下流河川のドブの匂いがひどい時期。事故が起きたのは、そんな場所だ。かすかな意識の中で、私はアスファルトに倒れ、背負っていたランドセルも安全帽子も数メートル先に飛ばされていることに気がついた。まもなく、救急車、パトカー、消防車の音が聞こえたが、それまでの記憶がない。

意識が戻った頃、私は身動きできない状態になっていたが、「生きている」と思った。

後になって聞いた話だが、大量出血で命が危険な状態と判断されたらしく、近くの病院ではなく、区外の設備の整った大きな病院に運ばれた。

私が目を覚ました時、そこには母と、実父が一緒にいた。うっすら、ぼんやりとしか見えなかったが、実父はフルーツがたくさん入ったカゴのような物を手にしていた。覚えているのは、「ちーが食べたい物を、食べさせてもらいなさい」と耳元で言ってくれたことだ。

私は頭部を負傷したらしく、多少の言語障害は残るが、記憶喪失にはならなかった。「頭部外傷」と「足の骨折」と診断された。設備が整っている病院のため、CTやMRIなどの検査はしょっちゅう。苦痛なリハビリも頑張った。

入院中は当然学校へ通えないし、当分の間は頭部に負担がかからないように文字や数字を見ることもダメだった。

その頃、母は双子を妊娠中だったため、見舞いにはたまにしか訪れず、一定の金額を払うことでお願いできる付き添い代行を使っていた。

事故から3、4カ月経った頃。足の骨折も快方へ向かい、リハビリを兼ねて1日だけ帰宅することが許された。

しかし、小さなマンションにはエレベーターがなく、負傷した私が3階まで上がるのは不可能だった。母も大きなお腹を抱えている。そこでタクシーで帰宅し、その運転手さんに抱っこしてもらい、3階まで上がった。運転手さんに深くお礼をして部屋に入ると、いろいろな物が散乱していて、その中に義父がいた。7歳を迎えていた私は子どもながらに、

「いるなら迎えに来てくれればいいのに……」と、義父のことが疑問に思えてきた。

するとキッチンにいた母が、

「悪いね！　あの子を帰宅させてさー。明日にはまた病院だから、1日だけがまんして」と義父に言った。

私は聞こえないフリをしたが、〝喜んではくれないのか？〟と母にも不信を抱いた。

しかし、本当に間が悪かったのは、ここからだった。

夕方になって入浴中に母は破水した。しかし、気づかず、数時間後に激痛を訴えて、義父は慌ててタクシーを呼んだ。私は母の入院の準備をしようと、杖をつきながら印かんなどが入っている引き出しを開けた。するとそこに、私の名前と〝慰謝料〟と書かれてある、多額のお金を見つけた。後に聞いた話だが、母は事故を起こしたトラックドライバーから慰謝料として、当時にして「数百万円はもらっていた」という。

子どもながらに〝義父は働かず、このお金で好きな麻雀をしているのだろうか？〟と考えていると、義父から「オイ！　何してる」と声がかかり、はっと我に返った。そして、義父から伝えられた言葉に衝撃が走った。

「タクシーが来たから病院へ行く！　オマエは歩いて来なさい！」

私が「階段を下りられないよ」と言うと、

「じゃあ、窓から飛び降りて、歩いて来い」と言うのだ。

私は杖をつきながら転ばぬように、一段一段、階段を下りた。そして、3歳の頃に母を探して歩いたように、暗い夜道を一生懸命歩いた。自宅からかかりつけの産院までは、歩いて20分ほどだったが、負傷している私の体は、杖1本で歩くことも容易ではなかった。

産院は3階建て。さすがにエレベーターは付いている。入ると産院の職員さんに「お母さんね、今、2階の分娩室に入ってるから、病室で待ってて」と言われた。もう夜も遅かったため、待ちながら2時間くらいウトウトした。目を覚ますと母は横になり、義父は自宅へ戻っていったばかりだった。

起きていた母は「冷蔵庫を開けてみて」と言う。その通り開けると、白い箱が入っていた。〝なんだろう〟と思い開けてみると、小さな人間の型をしたものがあった。

私は思わず「ギャー」と叫んだ。

「なんで？　どうして？　冷蔵庫に入ってるの？」

「間に合わなかった……死産だって。もう1人はどうにか保育器に入っているけど、危ないって……」

母がそう言ったところで、医師が病室にやって来た。

「もう1人の赤ちゃんも、手を尽くしましたが助かりませんでした。妊娠中、ご無理をしたのでしょう。残念です」

異父姉弟と言っても、私は待ち遠しく思っていたので、〝1日の外泊の時に、こんなことになるなんて〟と悲しんでいた。母はそれでも毅然としていた。

翌日、私が病院に戻る日、弟2人の遺体を荼毘に付すため、車で火葬場へ向かった。たった数分で焼かれ、一番小さな骨壷に納められ、母が1つ、私は杖を持たない左腕で1つを抱えて信号待ちをしていた。私は、あの事故の直前のことを思い出していた。信号が青に変わり、歩き出そうとした瞬間、母がこう言い放った。

「双子を殺したのはオマエだ！　オマエさえいなければ……、あの人（義父）も変わってくれると思ったのに……、事故まで起こして！　さっさと病院へ戻りな！」

母から聞いて覚えていた、〝義父の言葉〟があった。

「オレの子を産めば、オマエの連れ子（私）のことも、きちんと可愛がる」

私は左腕に抱えていた弟の骨つぼを母に渡し、1人っきりで病院へ向かった。頭が混乱する中で、ただただ泣くのを我慢しながら。

病院に戻り、医師と話をしていても、夜になっても、朝になっても、母が言ったことが耳からずっと離れないままで、日々を過ごした。

2人の弟が亡くなって以来、母は医師に呼ばれることはあっても、私とは数カ月会わなかった。日々が早々と過ぎ去っていくなか、私の退院日が決まった。

私は、きっと退院すると言っても母は来てくれないだろうと思い、病棟階段の途中にある赤色の公衆電話から、実父に連絡をした。実父は快く引き受けてくれた。

退院の日、頭の傷を縫うために切った髪の毛は伸び、1日3食の病院食のおかげで私は少しふっくらとしていた。実父は買い物へ連れていってくれて、花柄のレースをまとった服を購入し、伸びた髪の毛もきれいにセットしてくれた。とても幸せな時間だったが、私の帰る場所は、母のいる家だ。

実父が送ってくれたのは玄関まで。母は帰宅した私の格好を見るなり、「早く着替えなさい」と言った。そんな母の姿を、私は二度見した。〝母のお腹が大きい〟のだ。この時、すでに妊娠5カ月頃だった。

私は、退院したからといってすべて完治していた訳ではなかった。右ひざから複雑骨折のため、バランスを崩さず立っていられるのがやっとで、足首に重りを付けてリハビリしていた。頭の方は言語障害が少し残ってしまったため、発音練習に通う日々だった。通常ならば、私は2年生の2学期を迎えたところ。保護者と行くのが当たり前であるが、母は再び妊娠をしているので、やれることは1人で頑張った。

これ以上入院できないのも、きっと金銭的なことだろう。〝加害者から頂いている大金は私のためじゃない。両親の生活のためなのだ〟と、7歳ながらにして感じてしまった以上、早く治して、小学校に通えるようにならなければいけない。そしたら、慰謝料だってなくなるはずだ、と思ったのだ。

一番辛かったのが階段の上がり下り。これさえクリアできれば、〝学校へ行ける〟と頑張ったが、実際にクリアできたのは翌年の2月。6歳で大事故に遭ってから、もう8歳になろうとしていた。

そんなある日、大ニュースが飛び込んでくる。江戸川区内に建てられている公共団地に当選したらしい。今のボロ古いマンションから引っ越すことになるという。入居予定日は4月下旬だった。その頃、義父は大手企業に就職していた。臨月に近い母には引っ越しの準備はさせられないので、私が1人で頑張った。事故による一時的な記憶障害によってたし算やひき算などを忘れていたが、勉学の遅れについてまで考える余裕もなかった。

ただ、寂しかったことは、引っ越ししたら、退院後3カ月に1回は会っていた実父との距離が遠くなることだった。

昭和52年3月29日、母は総合病院の産科へ入院。翌30日に、義父と私の2人で見舞いに行くと、タイミングよく産気づき、分娩室へ入った。私は祈った。

〝次は、元気に産まれてきてください〟

夜8時を回った頃、〝オギャー〟と元気に赤ちゃんが泣き叫んだ。私は愛しいと思った。可愛かった。男の子だ。異父姉弟でも何でも、とにかく嬉しかった。

病院からの帰り道、大雨でびしょ濡れになりながら、義父と私は帰宅した。義父は風呂の準備をし、私はとりあえずバスタオルで体を拭いていると、「オーイ」と義父が私を風呂場に呼んだ。

「お父さんと一緒に入ろう」

「あとで入るよ」

「お父さんの言うことは絶対だ！　じゃあ、脱がせてあげようか」

そう言いながら、私が着ているブラウスのボタンを外しはじめた。

〝怖い〟〝誰か助けて〟

「寒いんだろ？　こんなに震えて、一緒に仲よく暖まろう」

私は「大丈夫。わかった。一緒に入るから、自分で脱げるから」と答えたが、恥ずかしかった。足などには生々しい手術跡が残っている。足が上手く曲がらないため、浴槽に入る時は足を広げなくてはならなかった。8歳といえば、胸も少しずつふっくらとし始める年齢だ。義父は「よく見せてよ」などと言ってきた。とても恥ずかしかったが、なんとか入浴は終わった。

家は2LDKもあるので、私が1人になれる部屋はあった。こっそりと部屋の扉から義父の姿を見ると、タバコを吸いながらテレビで野球を観戦してた。私はホッとして、寝床についた。

何かの夢にひたっていると、足先の方がムズムズとして気持ち悪い……。うっすら目を開けると、暗い部屋に義父がいた。体を触られ、私は硬直状態になっていた。しかし、〝たとえ義理の親子関係でも、こんなことするはずがない！〟と思っていた。髪の毛をいじられ、私は必死に耐え続けた。

翌朝起きると、すでに義父の姿はなかった。仕事へ行ったのだろう。冷蔵庫の中はいつも空っぽに近い状態で、入っている物といえば梅ぼしやビールなどだった。米もなく、パンもない。買い置きされている物は即席麺だけ。お湯を沸かし、即席麺の中に熱湯を入れながら、昨夜義父が私の体を触ったことを思い出していると、熱湯が満タンに入った状態で床に落としてしまった。痛々しい足に、さらに軽い火傷を負ってしまった。

義父には強制的に「入浴は一緒」「寝つくまでは一緒」が義務化されていた。しかし、母がいる時はそんなことをしないし、義父からは「お母さんに言ったら、オマエはこの家にいられなくなる」と言われていた。

天気のいい日、私は足によいと思い、江東橋あたりまで散歩していた。自宅へ戻ると、母が産まれたばかりの弟を連れて退院していた。私が〝わぁー〟と笑顔で弟に近づこうとした時、義父にいきなり手を引っ張られ、顔を思いっきり叩かれた。

「オマエは今日、何をしてたんだ！　退院する日に手伝わないで！　オマエに自由はない！」

しかし、母が退院する日は告げられていなかった。

初めて叩かれたこともショックで母に助けを求めるも、目をそらされ、

「かわいいね、男の子って。アンタ（義父）悪いね、手がかかる子（私）がいて。いろいろ手伝ってもらうからさ」と言った。

すると、義父も、

「あたり前だ！　弟の世話もしなさい！　やれないことでもやってもらう」と言い放った。

両親は弟をとても大切に育てた。神社に行ってお宮参りまでした。「私の時も同じことをしたの？」と母に聞くと、

「ハァ？　オマエは施設にいただろうよ。何もしてないよ」とあっさりと言い、私がしょんぼりしていると、

「オマエには、いろいろと雑用をやってもらう。ミルクの作り方とか教えないから、やっているのを見て覚えて！」と追い打ちをかけるように言い放った。

いたたまれない気持ちでいっぱいだったが、私は耐え続けた。

4月中旬が過ぎ、引っ越し先の公共団地の内覧会を4人で見に行った。2階〜12階建ての団地で、うちは11階にある7号室。そこから見える景色はとても広大で、周辺にある建物が見渡せた。部屋は陽あたりが抜群。団地内には大きな公園や小さなスーパーもあった。

この団地に引っ越すのは、生まれたばかりの弟のためだった。すぐに入居が可能ということで、数日後には、私は当然のようにダンボール梱包を手伝っていた。

台所の棚の物はイスに上がらないと届かない。お皿を両手に持ってイスから下りようとした時、ミルク作りのためか、母がバタバタと走ってきてイスにぶつかり、私はお皿を持ったまま、床に転倒。割れた破片で顔を少し切った。

テキパキと動作ができないことに義父は怒り、私を背後から蹴り飛ばして、3、4発殴られた。私は〝お皿を割ってしまったことは反省しているが、果たして親ってこんなことするのか？〟と疑問を抱くようになっていた。

義父から「罪としてオマエの夕飯はなし」と言われたが、そんな時に限って、引っ越し祝いとして大家さんから焼肉用の肉を頂いた。美味しそうな肉だった。見たこともない赤身の肉だ。

「何を見てるんだ！　オマエのはないと言ったはずだ！　早くダンボールに詰めろ」

そう義父に言われ、自分の部屋で、〝ジュ～ジュ～〟と肉を焼く音と、美味そうな匂いに、ただ指をくわえていた。私のお腹はグーグーと鳴っていた。

引っ越しの日、車の免許を持っている義父が、トラックを借りてきた。私は昨日、夕食を食べていないし、朝食は両親2人分のおにぎりしかなかった。体力的にヘトヘトだった。しかし、きちんとやらなければ、どんなお仕置きがくるのか……いつも不安だった。

荷物をすべて搬入し終わると1台のタクシーが来た。母は手持ちの荷物をタクシーに載せると、弟だけを連れてひと足先に行ってしまった。

〝私はトラックの助手席に座るのか……〟

怖い義父と暮らした家を後にした。

悪夢の生活

新居に着くと、母と弟が待っていた。すでにお昼は過ぎている。母は気をきかせて、途中で3人分の弁当を買っていてくれた。この後、新居で初めての事件に遭うことになる。

義父に渡った弁当の中に、小さな虫が入っていた。当然のように義父は怒鳴り散らして、母を殴った。何発も、私の目前で母を引きずりながら殴った。意を決して私が止めに入ろうとすると、私は突き返されて、ふすまに体当りし、後頭部を強く打って、座り込んでしまった。私は〝これ以上、母が暴行にあわないように〟と、義父の顔色を伺った。

「お父さん、私のと交換しよう。私が（虫の入った）こっち食べるから」

「当たり前だ！」

そう義父は言い放ち、私が交換した弁当を食べ尽くした。母の体は大丈夫か……と見ると、顔から流血していた。私は救急箱を出し、ばんそうこうを付けた。

新居にダンボールがすべて入ると、もう夕方だった。義父は「今夜は帰らない」と言い残し、借りていたトラックを返しに行った。たぶん麻雀だろうと思っていたが、後に何をしていたのかを知ることになる。


休んでいた母が突然、私に伝えた。

「お母さんね、また、夜働きに行くから。みー君（弟）のこと頼むね」

8歳の私が「また、夜いないの？」と泣き出しそうな顔で言うと、

「仕方がないでしょ！ 生活費なんて少ししか入れてくれないのに、日払いでもして、体を売って来ないと」と母は言い放ったが、私には意味が分からなかった。

〝日払いって？ 体を売るって？〟


数日後、母から通学する小学校の安全帽子と名札を渡された。引っ越しをする前には、母方の祖母から、真新しい赤色のランドセルも届いていた。前のランドセルは交通事故で潰れて、使えなくなったからだ。私は、違う小学校にはなるが、学校へ行けることにワクワクしていた。

母と2人で小学校へ行った。私のクラスは「3の2」だ。教室に入り、40人くらいいる生徒の前で緊張しながら「明日から登校します。よろしくお願いします」と挨拶をした。

母もその日から仕事を始めた。夕食は作ってくれず、「もう！　学校のことで一日中時間がかかった。自分で適当に何か作って食べなさいよ」と言いながら、三面鏡に向かって化粧をしていた。

化粧を終えると、母は出勤前に弟の引き取りへ出かけた。母と私が学校へ行っている間、母の知人に弟を預かってもらっていたのだ。

日が伸びて、きれいな夕暮れだった。部屋に残った私は、ふと母のカバンから、きれいな黄緑のサテン生地がはみ出ていることに気がついた。

〝お人形さんが着るような服……〟

私は三面鏡の前で自分の体に合わせたが、〝何かが変〟と思った。胸元は大きく開き、身丈が短すぎる。下着が丸見えになるくらい下品な衣装に、私は立ち尽くした。

弟を連れて帰宅した母に、私は思わず聞いてしまった。

「お母さんって、何の仕事するの？　これ着るの？」

母は返した。

「なんで？　着るから持って行くんでしょ？　アンタ、バカね。まぁ、どうせ裸になるんだけどね。男の人を洗ってあげるの。分かった？　分かったらみー君のこと、頼むね！　間に合わないから、行ってくるよ」

私は〝別の仕事をしてくれないかな……〟と思いながら、夕食の準備を始めた。米を洗い、炊飯器に入れる。玉子があるから目玉焼きでもしようと思った矢先、みー君が泣き出した。

ミルク缶を読んでみたが、ほ乳びんに何cc作ったらいいのか分からない。本来は100ccでよかったのだが、私は180ccのミルクを作った。

「ミルク飲みましょうね」と、まるでおままごとみたいに、左腕で抱っこをして、右手でほ乳びんを持つと、みー君はクリクリとした目で一生懸命飲んでくれていた。お腹を空かせていたのか数分で飲み切った。

8歳の私は、ミルク後にゲップをさせることなど、全く知らなかった。自分も食事しようとした時、みー君がゴロゴロと音を鳴らし、顔を赤くして苦しそうにしていた。抱っこしようとした瞬間、噴水のようにミルクを吐き出したのだ。

私は怖くなり、外へ出て助けを求めた。隣の8号室のブザーを鳴らしたが、誰も出て来ない。6号室へ走り、「誰か助けてください！」とドアをドンドンと叩いた。間もなく〝ガチャ〟と音がして、20代らしき、きれいな女の人が現れた。

「あれ？　おとなりの……」と驚くのをよそに、

「みー君が死んじゃうかも！　助けてください！」と自分の家に入ってもらった。

お姉さんはみー君をスクッと抱っこして、

「大丈夫、大丈夫よ。オムツ2枚くらい持って、一緒にいらっしゃい」と言い、お姉さんの部屋へと行った。

そこには男の人がいた。優しい笑みで「こんばんは」と言ってくれ、私は〝この2人は、夫婦なんだ〟と思った。

お姉さんは笑顔で言った。

「なぜ、まだ小さなあなたが赤ちゃんのお世話をしているの？　ご両親は？　食事はしたの？」

私は、そんな優しく聞かれたことがなかったため、とても嬉しかった。お姉さんは夕食を用意してくれた。やわらかなご飯と野菜がいろいろと入っている煮物、温かなおみそ汁だった。すべてがキラキラとしていた。私はふと思ってしまった。〝私もこの家の子どもだったらよかったな……〟と。

助けを求めてから食事が終わるまで、1時間ほどが経っていた。

私は嫌な予感を感じていたが、そこへ呼び鈴が鳴った。ご主人が出ると、義父がいた。私は、これから起こり得るであろうことが想像ついた。

義父は玄関先で、

「ちなみちゃん。迎えに来たよ。帰ろう！　きちんとお礼を言いなさい」と言った。

私は〝不気味だ〟と思いながら、義父と一緒に深々と頭を下げた。たかが隣の自宅までの道のりが重い。みー君はぐっすり眠っていた。

玄関へ入ってサンダルを脱いだ直後、義父は力づくで私の首を絞めながら言った。

「恥をかかせやがって、許さない」

奥の部屋には、本物の日本刀が置いてあった。首を絞めつけられたばかりの私は、義父の前に座り、ずっと謝り続けた。すると、「お父さんの言う通りにすれば、許してあげるから」と義父は言った。


玄関からすぐの和室に入ると、2段ベッドが用意されていた。脇には、なぜかロープとハサミもあった。何に使用するのか、その時の私には分からなかった。とにかく、明日も学校だ。時間割りの準備をして、お下がりの筆箱をランドセルに入れた。そして、眠りにつこうとベッドに入ると、義父が部屋に入って来て、ドアを閉めた。

「明日、学校に行くのか？」

「はい。明日は6時限の日です」

「そうか。じゃあ、手短にしよう」

そう言った義父は、私のベッドに入ってきた。私は思わず「えっ？」声が出た。パジャマのボタンを外し、上下を脱がして肌着に手を伸ばすと同時に、声が出ないように手ぬぐいを私の口の中に詰め込んだ。裸にさせられ、硬直した私の手足にロープを巻きつけ、ベッドの柵に結び付けた。

……何年間続いたのだろうか。

7歳から17歳まで、それは〝夜の行事〟として続いた。

胸はもちろん、体すべてを触られた。私の頭は真っ白になったが、

「お母さんに言ったら、日本刀で殺す」という義父の言葉は、脳裏から離れない。


みー君は大きく成長して、1歳になった。

ある日、義父から「買い物に行ってきてほしい」と頼まれた。

心がボロボロの私は言われるがままに、団地内にあるスーパーへ行った。頼まれた木綿豆腐は売り切れ寸前、1つだけだった。私は、

「たくさんたくさんお手伝いをしたら、普通に優しくしてもらえるはずだ」

そう信じて行動していたが、帰宅すると義父が「遅い！」と玄関で待機していた。

買物袋とお釣りを渡すと、

「なんだ、オマエ。豆腐もまともに買って来られないのか！」

と玄関から台所につながる廊下を、髪の毛を掴まれながら引きずられた。義父がほしかったのは絹豆腐だったのだ。

さらに、ガラス製の灰皿を頭に投げられそうになった。

「投げねーよ」と義父。

ただ、頭の辺りが熱いのだ。母は見て見ぬふり。倒れ込んでいる私は、全身の力が抜けて横たわっていた。

義父の足が私の顔に当たった。何か焦げ臭い。頭を触ると、髪の毛が燃えていた。

「カツラを用意しないとな」

義父も母も、私の姿を見てケラケラと笑っていた。

翌日、母の知り合いの美容師が「御徒町へ行けば、子どものカツラがある」と教えてくれた。そこで一番格安のカツラを被り、私は1年近く生活した。小学4年生から5年生になる頃だった。学校へ行くのも、メンタル的に辛く感じていた。

またある日、今度は母が「頼みを聞いてほしい」と言った。

「日中、○○という人と約束してるんだけど、一緒に行ってほしい」と言うのだ。

みー君は託児所に預け、私は見知らぬ町の古びた共同アパートのような所へ連れて来られた。部屋の中には知らない男が1人いた。そして。母はこう言ったのだ。

「ちーちゃん、2時間くらいしたら、またここに戻って来て。ねっ！　時間ないから」

そうは言っても、当時はケイタイもなく、私は時計もしていない。知らない町でフラフラする勇気もなく、古びた共同アパートの入口にしゃがんで、時間が過ぎるのを待った。どのくらい経ったのかは、分からない。私は無意識に〝7号〟と書いてある部屋のドアを開けた。そこで、母と男は裸で性的行為をしていた。淫らな母の姿を見てしまった私は、その場から逃げ出した。義父も母も淫らすぎて、「誰か助けて」と心で叫んだ。

駅にいた私を見つけて走ってきた母が「ちーちゃん、何してるの?」と言うと、私は思わず、

「お母さんこそ、何してるの」と言ってしまった。

「もしかして、見たの? すべてはお金のため」

私は殺されてもよいと思い、

「お母さん、実は私、毎晩お父さんに……」と言ったところで、

「アンタには、みー君の世話とか、悪いと思う。今の生活に耐えてちょうだいね」と母は、私の言葉をさえぎった。

その後も2回ほど、母は別の男と会うために私を利用し、性的な関係にはまっていった。夜は、私の体を触る義父。私は姿を消すしかないと思った。

江戸川区からどこまで歩いたのだろうか……、夜も遅く、人気がない小さなトンネルにたどり着いた私は、身も心もボロボロだった。

顔はうつむき、体育座りをして小さくなっていると、自転車でパトロールをしていた警察官が「お嬢さん？　どうしたの？」と声をかけてきた。

両親をまだ守ろうとしていたのか、私は「外出先で迷子になって……」と嘘をついた。

パトカーに乗せてもらい、自宅へと帰ってきた。私はてっきり寝静まっていると思っていたが、玄関に入ると両親はケンカをしていた。原因は金のようだった。

すると母は、私に向かってとんでもないことを言い放った。

「オマエなんか、ずっと施設にいればよかった！　この家の子でもないのに図々しく帰ってきて！　オマエなんか産んで大失敗だよ！　このジャマ者が……生きてるんじゃないよ」

衝撃の事実

「教えてやろーか！　オマエを一度、川崎の教会に棄てたんだ」

私は母の口から真実を知った。さらに、母は言う。

「みー君の父と、オマエは赤の他人。オマエの本当の父親は江東区にいる」

私は母から戸籍謄本を見せられた。

「オマエだけ、この家で名字が違う」

私は養子縁組をされ、義父の養女になっていた。そして、母は信じがたいことを言った。

「実父に連絡して、金の援助を頼んで！」

私は断ったが、母がダイヤルをしてしまった。電話の向こうで実父の声がする。

「〝ちー〟か？〝ちー〟、どうした？」

私は「おじさんに会いたい」と言って、日時を約束した。日曜日、朝10時、江東公園で待ち合わせだ。母から強制された約束だったが、私は「数年ぶりに父に会える」

という喜びも感じていた。

約束の日、実父は自転車に乗って来た。

「(母も)一緒に来ているんだろう？　どこか店に入ろう」

そう言って近場のパーラーに入った。私はクリームメロンソーダ、実父はアイスコーヒーを頼んだ。

私は心配をかけまいと、笑顔で話をした。しかし、実父は、

「〝ちー〟は小さいな……もう5年生だろ？　今、体重何キロあるんだ？」と、やたらと心配していた。

「今は28キロくらいかな。普通だよ。大丈夫」

私はそう答えた。

すると、喫茶店の周りからチラチラとこちらを眺めていた母が、店へ入ってきて、

「お父さんが待ってるから」と声をかけてきた。

〝わざわざ店に入って来なくても……〟と思っていると、実父が母から見えないように、私の上着のポケットの中に〝10万円〟を入れてくれた。

「好きな物や食べ物を買って」

十分すぎるほどの金額だ。

車に戻ると「遅せーな！　チクショー」と義父が言い、母は「いくらもらえたの？全部出しなさい！」と言った。

まさか全額取られることはないと思ったので、10万円の束を出すと、義父と母は「半分ずつ分けよう」と言った。

義父は「じゃあ、麻雀行ってくる」と立ち去り、母は笑顔だった。

私に残る物は1円もなかったが、「この家に置いてもらっている以上、さからえない」と思っていた。

私は小学4年生の時は、2、3回しか登校できなかった。5年生になって登校し始めるも、義父からの暴行によってできたアザを見られたくなくて、やはり行きたくなくなった。

学校に行っても、同級生が「親に買ってもらった」と自慢しているのを聞くとうらやましくなり、学校のロッカーからレッスンバッグを盗もうとした。すぐに見つかり、両親へも伝えられた。

後日、私が入っていたグループ班が「体育館のトイレ掃除」の担当になった。「女子トイレの一番奥はまだやってないから、やって」と言われ、奥の個室に入ると扉が閉められ、外からカギをかけられた。〝マズイ！〟と思うと同時に、外から男子の声が聞こえた。

「ヤーイ、ヤーイ。オマエ、捨て子なんだってな？　親と名字が違うもんな？　オレの母ちゃんが言ってた。人の物を盗みやがって、このドロボー捨て子！　じゃあな。オマエには、トイレが似合ってんだよ！」

私と両親の名字が違うことが、同級生にまで分かってしまっていた。

チャイムが鳴っている。私のランドセルは隠されているのか。きっと班長は体育館のトイレのカギを戻して下校したのだろう。

〝私の居場所はもうない。学校でも家庭でも同じようなことをされている。きっと両親も私がいなきゃいないで、清々するだろう〟

私は便座にフタをして、その上に体育座りをした。泣きたかったが、がまんして耐えた。

14時30分の下校時刻から、どのくらいが経ったのか分からない。同じクラスの恵美ちゃんが学校に戻り、用務員さんに事情を話して、体育館トイレのカギを持って、「ちなみちゃん、ごめんね。助けられなくて、ごめんね」と、泣きながら駆けつけてくれた。

私たちは抱き合って喜んだ。〝ありがとう。本当にありがとう〟

友人・恵美ちゃんと公園で少し話をした。

「ちなみちゃん、ずっと友達だよ。でもね。私、引っ越すから、中学校は一緒じゃないの。でも、ずっと友達」

そう言って、指切りをした。うれしいのか寂しいのか、自分の心が複雑で消化できずにいた。

団地の11階まで上がって来たが、家の中に入る気力を失っていた私は、階段の踊場で一夜を過ごした。10歳になっていた。

母の温もり

この団地では、1つだけイベントがあった。夏になると、屋台が並び、盆踊り大会が行われるのだ。11階から見下ろして見る景色はさぞかしキレイだろうが、なぜかその時だけ、私はベランダに出してもらえなかった。

しかし、1階に下りて行くことはできた。間近でその光景を見るとワクワクした。私にとって唯一の楽しいイベントだった。

そんな時、となりのクラスの女子に会って、話しかけられた。その子は香ちゃんという。2号棟の5階に暮らしていた。香ちゃんの母親と買物をした帰りだったのだろう。たくさんの荷物を両手に持っていた。香ちゃんの母親が私に言った。

「美味しいクッキーを買ってきたの。一緒にどうかな?」

私は「ハイ」と返事をしたが、〝クッキーとは何なのだろう?〟と考えていた。菓子の1つも買ってもらえなかった私は、クッキーがどんな物か分からないまま、香ちゃんの家に招かれていった。

2号棟の5階に上がると、11階で見るのとは違う景色が見えた。盆踊り大会がもうすぐ始まろうとしている準備が様子が、よく見えた。私の目がキラキラとしている様子を見て、香ちゃんのお母さんは、気遣いをしてくれたのだろう。

「背が低いから、見えないでしょう? ちょっと、待ってね」

そう言って私を抱っこして、景色を見せてくれた。景色がよく見えたこともうれしかったが、抱っこしてくれた香ちゃんのお母さんの手が、やわらかく、あたたかかったことが、いつまでも忘れられなかった。〝ずっと、このままで……〟と思った瞬間、香ちゃんが「ズルイ! 私も見たい」と言って、交代した。

〝お母さんって、あったかい〟

私はうれしくて、笑顔になった。

香ちゃんの自宅に上がらせてもらうと、間取りはどこの家も一緒のはずなのに、明るかった。ピンク色のカーテンだったり、花柄のテーブルクロスだったり……、私は驚くばかりだった。香ちゃんの部屋にはエレクトーンがあった。ピアノ教室にでも通わせてもらっているのだろう。すべてをうらやましく思った。

頂いたクッキーは、1枚ずつ梱包されていて、甘くしっとりとした、食べたこともない高級な味だった。

すっかりくつろいだのはよいが、私には日課があった。夕方16時には、食事の準備をしなくてはならなかった。そうでないと夕食は〝なし〟になってしまう。掛け時計を見ると、すでに、17時になっていた。

「私、私、帰らないと！　ありがとうございました」

香ちゃんとお母さんにお礼を言って、玄関のドアを閉めた。2号棟から1号棟11階にあるうちを見ると、台所に灯りが付いていた。私は無我夢中で走った。事故で負傷した足が痛む。盆踊りどころではない。

1号棟に入ると、エレベーターに貼り紙があった。

〝15時～18時まで点検中のため、エレベーター使用禁止〟

2号棟から走ってきたため、息切れと足の痛みがひどい。だが、家に戻らなくてはいけない。意を決して、11階まで走って上がる。到着すると、足はガクガク、ふらふらだった。

自宅のドアを恐る恐る開けると、私に向って、義父から茶わんが2、3枚飛んできた。その拍子に割れた破片で、私は頬を切った。割れた破片を拾おうとすると、義父は私を引きずりながら奥の部屋へと連れて行き、足で蹴り、殴り、私は目の横に大きなアザを作られた。

〝死ぬかもしれない〟

私はそう思った。床の間には、本物の日本刀が置いてある。1時間くらいの暴行だったと思うが、義父は「次、約束を守れないなら、殺すぞ」と言い、その日は手をひもでチェアの柵に縛られ、動けない状況にさせられた。

この時、母は仕事を休んで、ベランダにござを敷いて弟を抱っこして、盆踊りを見ながら、酒を飲んだり出前で取った寿司などを食べていた。弟が母と無邪気に笑っているのを見て、私は少し安心した。

私は香ちゃんのお母さんが「おみやげに食べてね」とくれたお菓子を、スカートのポケットからどうにか取り出して、こっそりと食べた。私は泣かないと決めたから、殴られても、いつも我慢した。

香ちゃんのお母さんの温かさを感じられたから、私は幸せだった。幸せな気持ちがひとつでもあったおかげで、私は生きてこれたのかもしれない。

病

昭和56年3月、数えるくらいしか通学できなかった小学校とも別れの日が来た。4月から中学生。制服やカバンなどは、母方の祖母が買ってくれた。中学校入学までの春休みに、制服に腕を通し、鏡を見た。やっとみんなとお揃いだ。うれしさのあまり制服を着たまま弟を誘い、団地内の公園で遊んであげた。

新しいスタートが訪れたのに、母は調子が悪いのか寝込むことが多かった。そして、私は母のことが大嫌いになっていた。義父に暴行されている私を一緒になっていじめたり、〝この人はお金のためなら何でもやるんだ〟と思ってしまったからだ。性行為も別人と毎晩のように……、商売柄かもしれないが、そういう人間だ。

母は数日後、病院へ行った。

どうやら母は、末期の子宮ガンだという。子宮全摘手術をしないと命は助からないと宣告されたようだ。思春期を迎えていた私は、初めて母に怒りをぶちまけた。

「アンタ、何人の男と寝たの？　罰だよ。手術なんてしなきゃいいのにね」

そう言っていると、ちょうど帰宅した義父が、

「オマエは、何を言っている！」と包丁を持って、私に襲いかかってきた。

私は、とっさに家を出た。

私はなぜ、産まれてきたのだろう。母は常に言っていた。

「オマエなんか産まれてこなければよかったのに。死んだら？」

数百回と言われ続けた。私自身、義父から毎晩のように裸にされ、人間として扱われていない。いっそのこと、本当に死んでみようと試みたが、さすがに11階から下を見ると足がすくんだ。

私はその頃、家を飛び出しては、2号棟の1階にある集会所脇の女性用トイレの個室に1人で佇んでいた。団地住人用のトイレだが、ほぼ利用する人はいないが、私は両親から〝排便する際は、このトイレを使用すること〟とバカげた決めごとをされていたのだ。そのせいで、排便も排尿も判断がつかなく、よく我慢をして膀胱炎にもなった。

朝方までそこにいた。外がうっすらと明るい。義父は当時、大手企業のドライバーをしていたため、早朝から出勤していた。公園の時計を見ると、5時40分。家に戻る

と弟は寝ていたが、母は入院の準備をしていた。

明け方のせいか、朝焼けのせいか、母が弱々しく見えた。

〝あたり前か……、この人は末期ガンを患っているのだ〟

そう考えていると、母がこう言った。

「今日、入院なの。みー君の世話や家のこと、頼める？」

私は〝何を今さら……、月に数回しか帰って来なかった人間が……〟と思い、〝また学校に行けないじゃないか……〟と悔しかった。

弟に朝食を食べさせ、登園させた。見送った後は、そうじ、洗たくをしてから、母の病院へ行くことになっていた。本来なら、私には部活の朝練があるのに……。弟の帰宅時刻を確認するのも、日課だった。弟が14時30分に帰宅するなら、それまでに自宅にいないといけない。

私は母の入院先まで、バスと徒歩で行った。病院では２１４号室の個室だった。

〝明日、手術をする〟と聞いても、母のことは特別心配ではなかった。だって、手もつないだことがない母親だ。末期ガンだというのに、

「早期に見つかり転移もないから、10日間くらいの入院で、あとは通院となります」

と、あっさりしたものだったからかもしれない。

母の手術の当日、〝14時からだから〟と思い、午前中は学校へ行った。なるべく学びたかったからだ。

「手術の時間に間に合うように病院に来なさい」と義父に言われていたため、学校から直接駆け付けると、すでに義父は来ていた。母は術着に替え、ストレッチャーで移動した。何時間、経ったのだろう。私は義父の顔色をチラチラ見ながら、病室に2人でいた。

数時間後、看護師がやって来て「ご主人、摘出した臓器を確認してください」と言った。〝大人だけが見れるのか……〟と考えていると、義父は化け物でも見せられたかのような表情で、「膿盆に入ってた物はなんだ……ウェッ」と吐きそうに青ざめた。

私は〝無事に終了したなら……〟と帰ろうとした時、看護師は「娘さんね？　もうお母さんは大丈夫よ」と言った。別に心配などしてない。うちは偽りの家族なんだから……。皆、私ばかりをこき使って、身も心もボロボロで、気の休まる時はなかった。

通院になった母は〝術後3カ月は休養〟と言われ、その期間はおとなしくしていた。

私は、中学2年が終了した春休み。その頃、まだ自転車に乗ることができなかったが、義父はムチャクチャな命令を出して、私を苦しめた。

「オマエは今日中に必ず自転車に乗れるようになれ！　できなかった場合、中学から外で働け」

近所で自転車の練習をしていたら、誰が見ているか分からない。車が10台も止まってなく、人通りが少ない団地の第3駐車場を、私は選んだ。母が乗っていた自転車を初めて手にして〝こんなに重いのか〟と驚いた。当時、私の身長は147センチ。体重は30kgしかなく、小学生並みの背丈にいきなり26インチの自転車は怖かった。座る位置を一番低くしても足は地面に付かないのだ。

私はサビた古い自転車ごと、何回、いや、何十回とひっくり返って転んだ。ひじやひざをすりむき、流血しながら、私は1人で一生懸命練習したのだ。

余談だが、両親はみー君には、三輪車や補助付き自転車を買ってあげていた。〝施設に入ることもなく……、みー君にとっては本当の両親だから……、私は捨て子だもんな……〟と、自分と格闘しながら、常に我慢の生活だった。

練習を始めて、5、6時間は経っただろうか。顔の汗を血まみれの手で拭っていた。

『勢いを付けて、ペダルを思いきり漕げ！』

〝んっ？　誰の声だ？〟と思い、後ろを振り向いたが人影はない。不思議に思ったが、こんな現象がいつの間にか繰り返されていた。

『そうだ、ゆっくりじゃなく勢いを付けて、ペダルを漕げばいいんだ』

やってみるが、怖くて転倒。しかし、5回くらいやると、スーと乗れた。私は

〝やった！　乗れた〟とうれしくなった。

なんとか風を切って走ることができるようになった。もう夕暮れ時、汚れた自転車を駐輪場で洗い、所定の場所に返した。家に戻ると、義父が帰っていた。

「なんだ？　その傷だらけの顔は！　醜い人間だ。罰として、明日から働け」

私は思わず言い返した。

「私、自転車に乗れるようになりました」

「うるせー、生意気に反抗しやがって！〝1時間で乗れるようになれ〟と言ったんだ。家のこともしないで、コノヤロー！」

私は「ごめんなさい」と返した。炊飯器の中には、2、3口くらいのご飯しかなく、いつものようにふりかけで食べた。お風呂に入ると傷にしみた。そこへ、義父が裸で入って来た。いつものことだが、その日は転んだ傷を見せたくなくて隠した。義父はこういう時だけ、偽りの優しさを見せた。

母と弟は浴室から離れた寝室で寝静まっていた。

浴槽の中で、胸を触られながら、

「いいか？　明日から仕事探しだ。オマエは13歳だが、16歳と言って、面接をしてもらうんだ。わかったか？」と言われた。

〝もう私の体を触らないで……〟と心の中で叫んでいた。

翌朝、テーブルの上には履歴書が置いてあった。〝これを書いて、人手を募集している所へ持って行けばいいのか……〟私はラーメン屋やクレープ屋など4カ所くらいに行ったが、すぐに中学生だとバレてしまい、断られてしまった。

となり町（学区外）に行くしかないと思い、2カ所あるショッピングセンターのうちの1カ所で、すぐに採用が決まった。仕事は春休みを利用して、すぐに始めた。薄く口紅をつけて、髪の毛は清潔さを見せるために後ろで結った。仕事は主に、雑用。サッカー台の汚れ落とし、買物カゴの片付け、買物袋の補充、床のモップがけ……それが私の主な仕事内容だった。

〝1日5時間働けば、月に7、8万円にはなるだろう。義父も認めてくれるはず……〟と思っていた。

職場は中学校からだいぶ離れており、体が妙に疲れを感じるようになっていた。特に、よく左耳に声が聞こえる、気持ちの悪い幻聴があった。しかし、学校は休んでも、仕事には頑張って行っていた。

そんなある日、衝撃的なことが起こった。20時に仕事を終えた私は熱でもあるのか、体調が優れなかった。外に出ると雨が降っていた。自転車で自宅まで30分はかかるが、折りたたみ傘というような大層なものは持っておらず、〝頑張って帰るしかない〟と思い、夜道を自転車で走った。

横断歩道を青信号で渡っていると、左折しようとした車が私の自転車とぶつかった。冷たい雨が降るなか、私は地面に倒れ込んだ。すぐに救急車が来たのだろう。カバンの中にひっそりと隠していた中学校の生徒手帳やら、バイト先の名札・着用してた制服やらを見た警察が、「おかしい。この子は、まだ13歳だぞ」と自宅へ連絡した。しかし、3人は外食中で留守だった。

そして、仕方なく、中学校へ連絡したのだ。病院へ駆け付けたのは、校長と2年の学年主任だった。私は39度もある高熱と、足も骨折したらしく、救急室で待機となった。

翌朝9時頃、母が迎えに来て、タクシーで自宅へ帰宅した。加害者はとなりの団地に住む人で、新しい自転車を購入してくれていた。

日中、学年主任が自宅へ来た。「なぜ、働かせていたのか」など、聞き取りに来たのだ。

学年主任は1時間と少しはいただろうか。母は、「私は娘が働いていることを知らなかった」の一点張りで話にならなかった。先生が帰ると、母は私に、「このやっかい者、早く死ね」と言い、身動きがスムーズに取れない私に向かって、ライターの火を近づけて、「オマエがいるだけで、不愉快なんだよ」と言った。

私は何度も謝って外に出た。泣かないと決めたのだから、〝松葉杖というのは何年ぶりだろう〟などと余裕なことを考えていた。

そういえば、私には気になることがあった。〝もう2、3年越しになる不眠や、耳に聞こえる男性の声〟のことだ。診療時間外だったが、小さな開業医の先生に相談をしに行った。先生は〝耳に聞こえる声〟について、いろいろな質問をしてきたのだった。

傷害事件

医師は「僕の知っている医師がいるから、大きな病院へ早目に行くんだ」と言った。〝そんな大げさな……〟と思ったが、紹介状まで頂いた。その封筒には千葉県内の大学病院の名が記されていた。しかし、別に大したことはないだろうと、私は自分の机の引出しにしまっておいた。

私は14歳になっても、母が作った手作りの食事はもちろん、お弁当なども一度も作ってもらったことがなかった。母は自分の都合で家にいることが少なく、たまに両親が揃っても大ゲンカになることが多い。私はいつも、8つ年下のみー君を守っていた。

幼い時から寂しがり屋で泣き虫な弟だった。小学校へ入学してからは、学校の準備などはすべて私が行い、お知らせのプリントを見て、遠足の日、運動会の日などのお弁当は私が作っていた。

私が久しぶりに中学校へ行った日。ちょうどその日は午後から職員研修だったのか、給食を食べて終了となった。仲のよい友達は数人いたが〝おけいこ〟などがあって、なかなか放課後は遊べなかった。

自宅へ戻ると、弟が走って来て助けを求めた。

「おねえちゃん、お母さんが死んじゃうよ！」

私は学校のカバンを置いて、リビングの扉を開けた。

そこには、キャミソールの肩ひもがずれ落ち、酒に溺れている母の〝真の姿〟があった。酔っ払っているため何を言っているのか分からない。私の制服をギュッと掴む弟。私が早く帰宅できてよかった。

思わず私は母に向かって、

「アンタ！　それでも母親な訳？　母親らしいことひとつもしないで、昼間から酒なんか飲んで！　このバカ親！」と言った。

アルコールが買えないように、母の財布から数千円を握り、弟の手を取って逃げようと思った時、母は私にこう返した。

「オマエさえいなければ……、産まれて来なければ、3人で幸せだったんだ」

舌が上手く回っていなかったが、母は確かにそう言った。そして、制服のリボンを使って「オマエは消えろ」と私の首を絞めた。

私は母を蹴り飛ばした。部屋で小さくなっていた弟の手を引き、外へ飛び出した。

〝人気がない所まで、とり合えず！〟弟の手をつかみ、必死に逃げた。

1号棟の隅っこの草むらで「ハァー、ハァー」と息をついた。

私は弟に「怖かったね。お姉ちゃん守ってあげるからね」と言うと、弟は素直に「うん」と笑った。弟に「何か食べたい？」と聞くと「アイスクリームが食べたい」と言うのでスーパーへ行き、2人で1つのアイスバーを買った。そのアイスには〝当たりが出たら、もう1本〟と書いてあった。

「おねえちゃん！〝当たり〟だって！」

それはもう奇跡だった。弟に「交換しに行こうよ」と言われたが、私は首を絞められたせいで気分が悪く、口の中も血だらけだったため、弟には「取っておきなさい。また食べたくなった時、お金がなくても交換してもらえるからね」と言うのが精いっぱいだった。

私は大人を見ると、心の中で〝助けてください！誰か、私達を助けて〟と叫んでいた。今のあの環境にいたら弟までダメになる。〝せめて、弟だけでも……〟と考えていた。

……そして、ふと思いついた。〝11階に住んでる弟の同級生に、2、3日、世話をしてもらおう〟。

逃げてから数時間が経っていた。3、4メートル向こうに、こぎれいな格好をした母がフラフラと歩いているのを確認して、

「よし、今、行こう」

と、私は弟と共に自宅へ戻り、ランドセルや着替えなどをカバンに入れた。すぐに同級生の家へ行き、事情を話すとおばさんも快く引き受けてくれた。

玄関先で弟は「お姉ちゃんは?」と泣きベソをかいていた。

「お姉ちゃんは大丈夫だから。○○君のおばさんの言うことをきちんと聞いて! 2日くらいしたら、迎えに来るから」

私は弟にそう言い聞かせてドアを閉めた。すると、間もなく「ワーワー」「みー君、遊ぼう!」と明るい声が聞こえた。さすが6歳だ。適応力が早い。

私が再び自宅へ戻ると、部屋の中はグチャグチャのままだった。義父は決まって16時には帰ってくる。時計を見ると、15時50分。14歳の私は反抗期の時期。少し疲れていたこともあり、そのままにして眠ってしまった。

目を覚ますと、台所から義父の荒れ狂った怒鳴り声が聞こえてきた。相手は母だ。

「朝から酒を飲み、家のことは全くしないで、テメェーは一日何をしていたんだ!」

もう聞いていられず、私は両耳を手でふさいだ。30〜40分くらい暴力が続いている。〝私が助けに入ったら、きっと殺される〟と思った次の瞬間、〝バタン!〟と大き

な音がして、母が床に倒れ込んだことが分かった。

見に行くと、白い床がみるみる赤く染まっていく。血液だ。義父は母の腹部を包丁で刺したのだ。

私はとっさに119へ電話をした。

「大丈夫？　お母さん！」

呼びかけると、どうやら意識があることは確認できた。

遠くに聞こえていた救急車のサイレンが、だんだん近い音に変わると、野次馬は面白そうにワサワサと集まってきた。


母は、病院へ行くことになった。しばらくすると警察官が3人もやって来て、そのうちの1人が私に尋ねた。

「あなたは1人？」

「私、1人です」

心の中では〝もう、助けてください〟と叫んでいる。

「あなたが119番してくれたんだよね？　ありがとうね。お母さんは処置をしたら戻ってくると思うから、ここで1人で待ってて」

「えっ？　私1人で??」

私は〝助けてくれないの？〟と驚いた。

「お母さんは、お父さんとケンカして自分で刺しちゃったって言ってるけど、お父さんにもきちんと事情を聞かなきゃいけない。では、僕達は行くから……」

救急車は母を乗せ、パトカーは義父を乗せ、それぞれ行ってしまった。いつも１人だったたが、私はもう耐えることに疲れてしまった。台所から廊下にかけて赤く流れた血液を、私は泣きながら拭いた。衝撃的なことが起き、心は不安一色だった。

すると、私に「大きな病院へ早めに行くんだ」と言って紹介状を書いた医師からの電話が鳴った。

「病院へは行ったのかい？」

私はその声を聞いた瞬間、床にペタンと座り込み、泣いた。

「早く病院へ行くんだ……明日にでも行くんだ。そうでないと心が死んでしまう」

〈死ぬ？　私が？〉とは現実的には思えなかったが、しまっておいた紹介状を出し、〝病院へ行こう！〟と思い直した。

その晩は、ご飯におみそ汁を入れて食べた。私にとっては定番の食事だ。〝いつもなら義父も入ってくるはず……〟とやや不安に思いながら入浴を済ませ、早めに寝床についた。

7、8針の縫合をして安静にしていた母を義父が迎えに行き、2人は家へ帰って来た。どうやら傷害事件として処理されたらしいが、母が義父を訴えず、被害届を出さなかったようだ。周りの目ばかりを気にする2人らしく、何もなかったように帰宅した。

翌日、私は電車に乗って4、5つの向こうの駅で降り、大学病院行きのバスに乗った。途中、キレイで素晴らしい建物がそびえ立っていたが、私の心はそれどころではなかった。

病院に着き、入口に入ると、ど真ん中にエスカレーターがある。それはショッピングセンターと間違えるほどの広さだった。

受付を済ませ、自分が診てもらう科の前に移動した。そこには〝神経・精神科センター〟と書かれている。

まずは、問診表の記入のため、奥の個室へ連れて行かれ、50の質問に〝はい〟〝いいえ〟と丸を付けていった。

質問の途中に、「あなたは死にたいと思っていますか?」と記されてあったので、2重丸をした。

終わると30分くらい待たされて診察となった。私は落ち着かず、キョロキョロとしながら、心の中で〝また、じいさん先生じゃないかな〟と考えていた。

呼ばれて診察室に入ると、そこにいた医師は、私に笑顔で、「よく来ましたね。つらかったね？　よくいろいろなこと頑張ってきました」と言った。

初対面なのに、私は親しみを感じた。

「誰もいないのに耳に声を感じるのは幻聴です。よく眠って、体を休ませられる薬を出すから、きちんと飲むんだよ。

君の病名は、これから検査をしていくけど「精神分裂病」と言ってね、難しい言葉だけどひと言で言うと〝心の風邪〟なんだよ。自分の体を休ませてあげようね」

その日の診察はそこで終了した。最後に医師に「次回は親と一緒に来てね」と言われたが、私はしばらく両親には黙っていた。

あの傷害事件から、どのくらい経っただろう。薬を飲めば眠れたが、よく夢を見た。眠っている間も義父の性的虐待は日課で、うなされたり、うごめいたりしている私の体を、豆電球1つのうす暗い部屋で見て、私が気持ちよくなっているなどと考えたのか、朝起きて体を縛った紐をほどきに来た義父が、とんでもないことを言った。

「オマエ、昨晩お父さんに触られて、気持ちよかったのか？　自分から腰を動かしたり、〝もっと〟とか何とか言ってたぞ。へへへ……。オマエも年頃だ。徐々に胸も大きくなってきて、アイツ（母）よりカップが大きいもんな！」

私は耳を疑うと同時に、自分の体が汚らしく思えてきた。そして、カミソリで自分の体に傷をつけた。

〝もう薬は飲むのやめよう〟と思い、勝手に服用を中止した。

2回目の離婚・3回目の再婚

私は中学3年生になっていた。受験生だ。「出席日数がはるかに少ない」と言われ、進路指導室に呼ばれた。

「都立高は行けないと思え！　行ける高校ないぞ」

学年全体の順位を見ると、300人中298番目だった。当然だ、月に1回も通えないことの方が多かった。


ある日の夕方のこと、下校して帰宅すると、義父と母はダイニングテーブルで静かに話していた。何とも不気味に思えた。

義父は私に、

「お母さんは仕事だし、車で話しながら送って行こう。みーは○○君の所に18時まで頼んであるから」と、言った。

ふだん着に着替えるのも面倒だったため、制服のまま一緒に行った。車には荷物がパンパンに入った旅行バッグが2つもある。やはり何か様子が変だ。

「ちなみちゃん」

〝気持ち悪ぃ……〟義父が私の名を呼んで、切り出した。

「お父さん達、話し合って離婚することになった。お母さんは、また別の男と暮らすらしい。千葉の方へ行くんだって。ちなみちゃんは、お父さんとお母さん。どっちと暮らして行きたい？」

義父は冷静だった。私は母に対して〝またこの人、男、作って。いったい何人目だよ！〟と思った。どっちと言われても選択の余地はない。今、私は中3だ。車はゆっくりとしたスピードで、いつも私が登校する道を走っていた。

私は決意した。

「私はお父さんと暮らしていきたい」

すると、義父は即、母に〝ザマーみろ〟と言わんばかりの変な笑みを浮かべ、

「ほらね、男好きのアナタよりオレの方を選んだよ」と告げた。

確かに本当に男好きの女だった。私は同じ女だと思いたくなかった。

駅に着くと、母は「じゃあ、ありがとう」と後ろを振り返った。後部座席に座っている私の顔を見ようと思ったのだろうか……しかし、私は顔を合わせず知らんふりをした。母がどう思ったのかは、知らない。

帰りの車中、義父は「今夜はどこかに食べに行こう」と言い、夜は3人で外食した。

私はなるべく学校へ行きながら、家庭のやりくりも任されることになった。義父からは3万円を受け取り、

「晩ごはんは野菜などを買って、きちんと3人分、作りなさい」と言われた。

駅前に行くと〝マルエツ〟という2階建てのスーパーがあった。2階には衣料品売場や小さな本売り場もあった。私は『家庭のおかず』という本を1冊購入し、生まれて初めて本格的なおかずを作った。

制服の上着だけを脱いでエプロンをし、米を炊き、肉じゃがを作り、みそ汁を作った。全部自力で作ったのだ。しかし、写真とは違って、あまり味が染みていないようだ。〝失敗したか……〟と思っていたところへ義父が帰宅し、作業服のまま、

「なんだ？　なんだ？　うまそうな匂いがするじゃないか？」

と、せまい台所に入り、私の胸近くに顔を寄せながら鍋の中を見て、味見をした。

「うん！　美味しい。美味しい」

義父は笑顔になっていた。私はうれしかった。

だが、いつ機嫌を損なうか分からない。私は常に気を使って義父に接した。

中学校体育祭

義務教育9年間のうち、私は学校行事に2、3回の思い出しかないが、その年の秋は体育祭に参加した。

当日、少し遅めに起きた私は体育着上下とジャージを着ながら、〝途中で、お決まりのパンとおにぎりを買って行かなくては……〟と思っていた。今まで弁当は作ってもらったことがなかったからだ。

ところが義父がやって来て、

「弁当、作ったから持って行きなさい」と告げた。

……私は信じられなかった。

驚く私に義父は「早く持って行きなさい。遅刻する」と言い、私は14歳にして初めての弁当に、自然と笑顔になり、友人に自慢した。

体育祭のプログラムを見ると、徒競走があったが、私は苦手だった。陸上部所属だったが、中2の時に足を骨折し、部活どころか、学校にも出席できない状態だったからだ。

〃だけど、きっと義父は来ないだろうから、ビリでも大丈夫だろう〃

そう思っていた。

私の順番になり、「位置について、よーいドン！」とピストルが鳴った。と、同時に右足首に力が入らず、他の4人と離れてしまい、悔しかった……。

その瞬間、「ガンバレ！　おねえちゃん！」と声が聞こえ、その方向を見ると義父と弟がいた。私は思わず、〃えっ〃と驚いたが、「走れ！　ガンバレ！」と声は続いた。残り50メートル地点で1人が転倒すると、「あきらめないで走れ！」と、コースの外にいる義父と弟がゴールまで一緒に走ってくれた。順位は5人中4位だったが、私の心はそれどころではない。今日の義父はまるで、別人だ。

弁当の時間は教室で食べることになっていた。義父が早く起きて作ってくれた弁当の中身を見ると、サンドイッチと唐揚げだった。

〃台所は玉子の殻ばかりなのだろうか……〃と考えながら、食べた手作りのサンドイッチの味は、いつまでも忘れないだろう。そうして中学校最後の体育祭が、無事終了した。

しかし、あの義父だ。油断はできない。

今日の夕食はカレーを作ろうと考えながら家に帰ると、義父、弟が先に帰宅していた。

「今日はありがとう」と言うと、義父は、

「今日だけだ！　教頭先生って奴に、最後の運動会くらいはいろいろしてあげてと言われたからだ。特別だ。早く夕飯を作れ」と言われた。

高校受験

秋が終わり、季節は冬に変わる。

学年主任は私が今からでも頑張って受験できる高校がないか、片っぱしから出向いて頭を下げて、探してくれていた。それは2～3週間続き、〝条件付き〟で、どうにか受験できる私立高を探してくれた。

その条件は〝国語・英語は共に80点以上ずつ、作文は90点、面接は100点〟をクリアできたら合格、というものだった。中間や期末で20点台しか取れない私にとって、それをクリアするのは並大抵のことではなかったが、自分のために1校1校出向いてくれた先生に対して「頑張らなきゃ」と思った。

基礎が分かっていなかった私は、小学生用のドリルから始めた。幸いにも、私は小さい頃から本を読むことは好きだった。これまで分からない漢字は避けて読んでいたが、小3から今に至るまでの漢字を指にマメができるほど練習した。学校に通い、家のことをして、夜20時頃から夜中2時頃までだろうか……必死に英単語も覚えた。

受験日まで1カ月を切った。

受験できる高校を探してくれた先生は「国語科」だったが、放課後、国語だけでなく英語もそれぞれ30分ずつ指導してくれた。私立高の入試過去問題もさせてくれた。単語帳は6〜8個は作った。

いよいよ受験の日が近づいた。義父もこの1カ月は私に指一本触れてこなかった。


私の受験番号は、A181。とてつもなく緊張する。受験校は自宅より乗り換え2回、60分はかかる場所だった。早めに起きて、受験票を忘れないように持ち物をチェックし、制服のリボンが曲がってないか、入念に確認した。

朝のラッシュだ。大混雑だった。

〝学校に合格したら、毎日こんな大混雑の中を行くのか……〟と思ったが、今は合格することに集中した。

60分かけて、学校に到着すると、受験生は総勢300人くらいはいるだろうか。「普通科」と「商業科」に分かれていて、私が入室したのは第2会議室だった。

試験は国語→英語→作文→面接の順だった。当日告知をされる〝作文〟の題名は《自分とは》だった。当時の私には2枚の原稿用紙に書き切れず、集約してまとめた。

試験は朝8時30分から始まり、昼頃に終わった。1カ月間勉強だけに集中し、死にものぐるいで頑張った。

2日後の合格発表の日。私は1人で見に行った。

10時に体育館で発表だ。中に入って様子を見ると、合格した喜びで笑顔の子や、落ちて泣いている子もいた。

私は、A181という番号を探した。A180や183はあっても、自分の番号がない……そう思っていると、中学校の別のクラスだった子が私のことを呼んでいる。

「アンタ、商業科じゃなくて普通科でしょ？　こっち、こっち」

私は落ち着くことができなかった。同級生に「番号、何番？」と聞かれ、私が告げると、

「あったよ！」と聞こえた。

目をつむっていた私も、自分の目で確かめた。「A181」と確かに書いてあった。皆は自分の番号を確認すると入学手続き等の書類をもらって早々に帰って行ったが、私は何度も何度も自分の番号を見た。

《A181》

私は頑張った。目に焼き付けておこうと思ったのだ。

中学へ戻ると、玄関には学年主任の先生がいた。先生は私にゆっくり静かな声で

「どうだった」と聞く。私は2歩足を前に出し、「合格しました」と言うと、私の身体を引き寄せて涙を流し「よかったね。おめでとう」と言ってくれた。

2階の階段のおどり場の小さな窓で外を眺めていると、小学5、6年時に私をいじめた主犯格の青木君が、体育着で背後から「合格おめでとう。頑張れよ！　じゃあな」と言って、照れくさそうに去っていった。

高校生活

桜満開のなか、私は新しい制服を着て、高校の門をくぐった。

私は私立高に行くため、大金がかかり、義父は渋々信用金庫から教育ローン100万円を借りてくれた。そのおかげで、私は何とか高校に行けたのだ。

入学してすぐ、〝オリエンテーション〟という新1年生だけが1泊2日で参加する行事があり、福島県尾瀬に行った。

一学年6クラスもあるため、グループを作って親交を深めるためだろうが、1泊しかないため、あっけないものだった。

終わったのは夕方。雨も降っていて、少し疲れていた。60分かけて自宅へ戻ると、義父がいた。高校生になっても私は順風満帆ではなかった。

部屋で制服から部屋着に替えようとした時、真後ろから義父の手が私の白いブラウスに近づいてきた。

「ダメじゃないか……ブラジャーが丸見えだよ。こんな汗だくで。早く着替えよう。お父さんが手伝ってあげるから」

私は受験前1カ月間は義父から何もなかったので、もうこういったことはされないと思っていた。だが、エスカレートしていた。16歳といえば、大人の体になっている。義父に私は「自分で着替えられるよ」と言うと、耳元でこう返された。

「ふふっ、恥ずかしいのか？　何を今さら。誰のおかげで高校へも行けるんだ？ん？」

「お父さんのおかげです。でも、みー君も帰って来るし……」

「大丈夫さ。みーは明日帰って来るんだ。泊まりに行ったよ。友達の家に。だから、朝まで2人っきりなんだよ」

罠にかけられたようだった。

ベッドに横たわり、裸にさせられた。私はまた苦しくなった。

〝そうだ。昔、大学病院でもらっておいた薬を飲めば……、眠ってしまえばラクになる……〟と思ったが、もう薬は見つからない。されるがまま、私は硬直状態になった。トイレを我慢していたため、陰部を触られて、私は失禁してしまった。もうこの時、私は本気で死にたいと思った。

朝まで裸だったのだろうか？　時間はすでに7時を過ぎていた。私は制服を着て、駅へ行った。

すると、駅の階段下に母が立っていた。その時私は、魂が抜けたような顔をしていただろう。

母は私に近寄り、

「ちぃちゃん、お母さんと一緒に、船橋で暮らさない？」と言ってきた。

私は母が嫌いだったので「行かない」と返すと、

「だって、今アナタが一緒にいるお父さんだって他人なのよ」

私は振り返り、母に言った。

「そうだね。他人だよ。死んでほしいくらい、嫌だよ。でもね、高校のお金、出してくれたしね！　あと3年我慢して、卒業したら家を出る。放っておいてよ！」

「今、一緒に暮らしてる人が、高校の月謝は払うよって言ってくれてるし……」

私は母を無視して、その場を去った。1年ぶりに会ったが、〝母は相変らず男と好き勝手して……〟と思っていた。

しかし、母は頑固だった。私に2度、3度と会いに来たのだ。「学校遅れるから」と言うと、私が通う学校までついて来た。

〝この母親は、執着心が強いのか……バカなのか……〟

「あら？　もうすぐ文化祭じゃない」と親ぶって言う母を、「もう帰って」と言って帰らせた。

その後も母は私の所へ来続けたが、私は知らんぷりをした。

半月程経つと学校でミニ文化祭が行われた。クラスの出し物で4名が案内係となり、私はその中の1人となった。来訪してきた方を案内するのだが、そこへ自分の目を疑う人物が現れた。

母と、一緒に暮らす男・S氏だった。長身のせいで目立ったのだろう。女子高のため、若い男性は教師以外に姿を見ないこともあり、注目の的となった。「えっ、〃ちな〃にお兄さんっていたっけ?」等々、ウワサになった。

私は2人の前に立った。母は、

「この人よ。一緒に暮らしているの。えっと、今、28歳かしら? ちぃちゃんより一回り違うだけ」

私は仰天した。〃28歳? 母は、確か40歳後半……なんでこの人、若いのに、こんなオバさんと?〃

すると、クラスメートから耳元で「ちなの彼氏? いいじゃん。もう、しちゃったの?」と言われ、私は怒りが爆発した。

「帰ってください。何で私に会いに来るの? もうやめてよ」

すると、S氏は「突然ごめんね」と言って、帰って行った。

クラスメイトは「なーんだ! 帰っちゃったね」などとざわめいていた。私は少し考えてから、うわばきのまま母達を追いかけた。どうしても言いたかったのだ。

歩道橋のところを歩いている2人に「あのー」と声をかけ、「ハァー、ハァー」と息切れしながら走って行く私を見て、〝どうしたの？　ちぃちゃん〟と、母は戻って来そうになったが、私は「こっちに来なくていい！」と言った。

「ひと言だけ、ずっと、小さな時から言いたかった。あなたは男なしでは生きていけないんですか？」

「……そうよ！　男がいないと生きていけないの」

母は多分、本音だったのだろう。そう言い放って、2人とも私の視界から消え去っていった。

私は力尽きて、地面に座り込んだ。見知らぬ人が、私が学校のうわばき姿で座り込んでいるのを見て「具合でも悪いの？」と声かけてくれた。そこで私は初めて自分が何をしているのか、分かった。母が言い切った言葉を思い出し、母もよく言ったものだと思った。


私は〝母はまた会いに来る……〟と思っていた。確信があったのだ。

夏休みが近づいた7月上旬。その日は朝から太陽がまぶしかったが、その光の中に母らしい人物が立っていた。私は〝やっぱり来た〟と思った。

私は、〝20代の男が果たして月謝を払えるのか……〟と、実際の暮らしぶりを見たくなった。

「来週から夏休み。バイトがあるから何日もは無理だけど、泊まりに行っていい？」

そう聞くと、母は「いいわよ」とあっさり答え、日時と時間を決めた。

一学期の終業式が済むと、私は家に帰らず、船橋駅まで行った。義父にはあらかじめ〝友達の家で勉強して泊まって来る〟と言って、許可をもらっていた。

駅で母と合流すると「何か食べて行こう」と言う。〝この女は相変らず、食事を作らないのか……〟と思いながら、〝ただのお泊まりではない……これは調査だ〟と思い直した。

店に入ると、いつもは食べれないパスタ、ドリンク、フルーツパフェを注文した。

食べ終わると、すでに14時前だった。

「もう、帰らないと。お母さんは夕方から仕事だけど、Sさんが夜、帰って来るから」

〝ハァ？　あの若い男と一緒って……〟と心の中で思ったが、私は学校帰りだったため、早く制服を脱いでゆっくりしたいと思った。

京成線を乗りついで、たどり着いた場所はボロアパートだった。今にも壊れそうな、築40～50年以上経っていそうなアパートだ。

母がカギを開け、入ると1DKではないか。とりあえず、トイレに入ると、昔ながらの〝ボットントイレ〟で臭いがある。風呂はなく、銭湯に通っているという。

「なに、この家？　こんな家に私を呼びたかったわけ？」

「もちろん、あなたが来るなら、引っ越すわよ。だけど、なかなか来ないからさ。今夜は出前を取ったから。オムライスが美味しいのよ。Sさんと合わせて2人分。公衆電話からかけておいた」

「……ねぇ、なんで、私とSさんが一緒にいなきゃいけないの？」

「だって、夜、働いてるし、Sさんは19時頃帰ってくるし。一緒に銭湯へ行ってね」

義父からの逃走

母はオムライス2人前をテーブルの上に置くと、「お隣に住む叔母さんに、娘が来てることを伝えてあるから」と告げ、小ぎれいな格好をして行ってしまった。

私はS氏と一緒に銭湯へ行くのが嫌だったので、場所を聞いて1人で行った。そして、アパートへ戻ると部屋の灯りが付いていた。

ドアを開けるとS氏に、

「大丈夫？　道に迷ったかと思った。何が好きか分からなくて、オレンジジュースとか買ってあるから、飲んでね。ちなみちゃんのお母さんには、いろいろ、してもらってるんだ」

「あの……　〝ちなみ〟って言わないでください。義父に言われているみたいなので」

「あー、ごめんね。お母さんが呼んでいるのと同じにしよう」

この人は私より12歳年上。部屋に布団を2枚敷くと、それだけでいっぱいになる。

私はサッサとやることをやり、寝床についた。

朝、起きると母は私の横で寝ていた。夏の朝は早くから明るい。2人は寝ていたので、フラフラと散歩に出てみた。歩いて数分の場所に大きなショッピングモールがあるらしい。

母達の部屋に戻ると、2人は起きていた。母は、

「一緒に暮らすこと、考えてみてね。あなたが来たら広い部屋に引っ越すから」と言った。

私はS氏にあいさつして、自宅へ戻った。


夏休みの間も私はパン屋でバイトをしていた。理由は、売れ残りのパンを持って帰れ、食費の節約になるからだ。そして、日中は部活で学校に行っていた。

1年生の夏が終わり、2学期……、3学期……となるべく学校を休まず、家の食事作りもした。義父との性的行為はもう10年になっていた。自分でも〝ここまで耐えている16歳はいるのかと……〟と感じていた。

そのせいで異性から誘われても断っていた。私の体が汚れていると思ったからだ。

高校2年生になり、内科検診があった。学校指定の内科医から「胸元や、あちこちにある跡は何?」と聞かれた。私は、汚らわしい身体を見るのが嫌で、入浴中は体をよく見ずに洗っていた。

帰宅し、姿見の前で裸になってみた。下着もすべて外した。キスマークが首や胸に数多くあった。醜い身体だ。私はカミソリであちこちに傷を付けた。

〝もうたくさんだ！　仕方ない、母親のいる千葉に行こう〟

私は決断した。

小学3年生の弟に説明すると、「学校は行きたい。変えたくない」と言っていたが、船橋に母の家を早めに出れば、最寄りの駅から弟の学校までは10分だ。

そこへ1本の電話が鳴る。母からだった。

「とりあえず、必要な物をカバンやリュックに入れて、持って来なさい」

電話を切ると、すぐに義父からの電話が鳴った。この日は土曜日だった。

「何してる？　もうすぐ仕事は終わるから、今夜は焼肉でも食べに行こう。給料日だからな」

「あと、どのくらいで家に着く？」

「なんだ？　そんなに早くやられたいのか？　そうだな、30分くらいだな」

「わかった」

私は受話器を置くと、弟の手を引っ張った。

「行くよ！」

まるで逃走劇だ。歩いて駅まで行ってたら間に合わない。全力で走った。

〝はやく！　はやく！〟

駅までの道のりがとても遠く感じた。弟にランドセルを背負わせ、私は大きなバッグ2個を持って、弟の手を引き、がむしゃらに走った。

駅に着くと階段を上がった。2人分の切符を買って改札に入り、駆け込み乗車で乗り込む。電車の中から暮らしていた団地が見えた。千葉に近付いた頃、やっと安堵感に浸った。周りから見れば、大きな荷物を両手に汗だくで、〝家出姉弟〟に見えるのだろう。

待ち合わせた駅で母と再会した。〝みー〟との久々の再会に、とても嬉しそうにしていた母の姿が、目に焼きついた。


この日、母は〝みー〟のために夜の仕事を休んだ。体に傷が付いている私は、母と別々に銭湯へ行った。

夕食はうどん屋だ。

「4人で1DKか……せまいな」と私が言うと、母は少し強い口調で、

「せまい、せまいって……今お金を貯めてんの。アナタいくらか持っているの？」と聞いてきた。

私は〝そうだ。昨日、定期代と3万円をもらってきたんだっけ……〟と思い出した。〝義父はきっと2人がいなくなって、驚いてるだろう……〟と思った。

アパートに着くと、母は義父に連絡してくると言う。

「変に捜索願いなんか出して、大騒ぎされても困るし」

母は1階の公衆電話で義父に電話をかけた。そして、驚きの言葉を言った。

「あの娘がみーも連れて、いきなり来たから驚いた。私は呼んでないわよ。でも、面倒は見ていくから養育費を頼みます」

私はハメられたのか？　母は少々青ざめた顔で2階に上がってきて、「マズイ、（義父に）住所教えちゃったわ」と言った。相変らずバカな人間だ。

間もなく、〝トントン〟とドアのたたく音がした。「電話、入ってますよ」と大家だ。電話の相手は義父だった。

「学校はどうするんだ！　みーだけ迎えに行く。もう高速で来たから、船橋だ」

母に「レストランに行こう」と私と弟は連れて行かれた。15分～20分後だったろうか、そこに義父が現れた。弟の手を引っ張り、「勝手なことするな！」と言い放って、立ち去った。

母は、弟と義父が一緒に行ってしまったことがショックだったらしいが、私は〝住所を教えるからだ……昔も今も2、3口数が多い人間だ〟と思った。

夜、帰宅したS氏に母が事情を話した。私は居場所がなかったが、カバンの中から教科書を1冊出し、読んでいるフリをした。

1時間くらい経っただろうか、母は「2人で出かけて来るから」と言い、家を出た。私は〝なんだ……また1人じゃないか……〟と思い、寝床についた。

その日の夜中、何か変な物音がする……と思い、うっすら目を細く開けて見ると、母とS氏が裸で性的行為をしていた。私が今までやられてきた行為と何ら変わらない。〝次は母か……、年頃の娘のすぐ真横で、よくぞそのような行為ができるな……〟と思った。挙げ句の果てに母は、「あ……ん。あなたの子どもが欲しい！ 欲しいの！ 子宮はないけど、卵巣はあるから……」と生々しい言葉を発していた。

早朝、S氏は小さな台所でタバコを吸っていた。私に「おはよう」と言ってきたが、〝汚らわしい〟と思い、無視をした。しかし、S氏はまだ気やすく声をかけてくる。

「制服に着替えなくていいの？ こっちから通学するんだ、交通費もかかるだろう」

そう言って制服の入ったバッグに封筒を入れたが、私は中を見なかった。

高校は江戸川区から通うより、はるかに遠かったため、5時40分には家を出た。そして、千葉駅のトイレで制服に着替えた。

西船橋から本八幡へ行くと、公衆電話に〝ピンクレディ〟と書かれた貼り紙がたくさん貼ってある。私はいろいろ考えた。

〝1日働けば、1日で1万円……義父に汚された身体だ。今さら知らない人間に触られるくらい……〟

そう思った時、再び左耳に声が聞こえた。

《自分を大切にして》

私は我に返った。

〝親と同じことをして、どうなる……懸命に今は生きるしかないじゃないか……〟と。

ふと、朝、S氏が私のカバンに何を入れたのだろうと気になった。封筒を開けるとそこには3万円と定期代が入っていた。でも、昨晩のことがあったから、素直に喜べない。

時計を見ると、いつの間にか20時を過ぎていた。とりあえず帰りながら、〝もうすぐ夏休みになる。そうしたらバイトを探そう〟と考えていた。

21時近くにアパートへ帰ると、S氏は、「待ってたんだよ。遅いから大丈夫かなって……」と話しかけてきたが、私は、

「学校の費用、ありがとうございます。あと、私はもう高校2年なので昨晩みたいな

ことは、私が留守中にしてください。以上です」

と言い切り、それ以上の話をしなかった。

母と娘

ある日曜日の朝、コーンフレークを食べながらS氏は「もっと広いアパートに引っ越さないか？」と切り出した。

この頃私は、音楽を聴くために両耳に大きなヘッドホンを付けていたが、この時は耳に付けたまま、何も聴いてなかったため、親の会話が丸聞こえだった。S氏は続けた。

「君が僕に甘えてきても、年頃の女の子がいるんだ……」

すると母は、

「私にいい考えがあるの！　ラクに引っ越し費用も用意できるし、広い家ならすぐに見つかるわよ」と答えていた。

〝何を考えているんだ？　このクズ人間……〟と私は思っていた。

1学期のテストが終了して、太陽がギラギラ照りつける夏休みに入った。

母はどうにか弟を取り戻したい一心だったようで、仕事も上手くいかず、イライラしていた。

私は義父から離れて2、3カ月経ち、母からの暴言や性的行為を見せられながらも耐え続け、登校できることを希望に持ち、バイトをしたり、友達と遊んだり、買物したりと……普通の女子高生が楽しむことを満喫していた。

同じ学校に通う子が船橋方面にいて、帰り際、「また9月ね！　待ち合わせて行こうね」と約束していた。しかし、そんな喜びに満ちた日も長続きはしなかった。

夏休みの宿題がたくさんあり、私は没頭していた。すると、母が話しかけてきた。

「学校、遠くて大変じゃない？」

「別に分かっていたことだし」

「そろそろ、辞めたら？」

宿題に集中していた私は、母の「辞めたら」と言うのは、〝宿題をやめたら〟のことだと思い、「うん、そうだね」と答えてしまった。

母は私の前に立ち、ニヤリとした。

8月30日、悪魔の日がやってきた。夕暮れ時、私がいつも通りバイト先から帰ると、母が部屋にいた。

私はクリーニング済みの制服を出し、カバンの中に入った生徒手帳をベストのポケットに入れておこうと思った。ところが、カバンの中に入れたはずの手帳が見当らない。その様子を見ていた母は片手に手帳を持ち、「コレじゃない?」と私に見せつけた。返してもらうと、何か厚みがないことに気がついた。手帳を開くと顔写真がなく、大きな押印が押されていた。

《この生徒は8月30日に退学しました》

私は頭がまっ白になった。

しばらく考え、私が「学校に連絡を……」と言うと、母がこう告げた。

「なんか学校へ行ったら、『やる気のある子なのに、なぜ?』とか言われたけど、入学してからの積立金も30万円あるって言うし、辞めたいと言ったのは本人同意ですからって言っておいた」

私はすぐに言い返した。

「言ってないじゃん! 学校やめたいなんて言ってない!」

「昨晩、もう辞めたら?って聞いたら、『うん、そうだね』って言ったでしょう?」

「……このクソババァ! アンタがこっち(船橋)に呼んでおいて!」

外にも聞こえるくらいの私の大声に、隣に住む叔母さんがやってきて、S氏も慌てて帰ってきた。私は母に体を蹴られ、窓ガラスに当たり、破片で顔を切ってしまった。その日から、元々嫌いだった母のことが、さらに大嫌いになった。

〝母って、こんなものなのか……冷酷だ〟

破片で首でも切って、命を絶つのがいいだろうとさえ思った。この日から私に笑顔はなくなった。自ら命を絶とうとするも、受験できる高校を探してくれた中学校の恩師の顔や、合格発表の時のことを思い出し、それができなかった。

中卒となった私は、仕事を探した。履歴書を見ると、13歳の時に書いた思い出がよみがえる。求人誌を見ても16歳から採用してくれる所は、限られている。何ヶ所、行ったのだろう。東京方面にやっと1件見つかり、働くことになった。

懐かしい駅に3、4分待機してる時、私は〝裸にされても、触られても、義父と一緒にいればよかった〟と後悔した。

渋々母のいるアパートに戻ると、4畳半に弟がいた。私が「どうしたの?」と驚いていると、母は笑って、

「やっぱり養育していくのは難しいって、お父さんからね。2人の子どもが戻ってきたところで、1カ月前から検討しておいた広いアパートに越すから。積立金の30万が高校からも下りて来たし、養育費も半年分ずつ20万円もらったから余裕だけど、アンタは働くとこ、見つけたの? 来月から5万円入れてよ! じゃないと、この家に置けないから、出て行ってもらうからね! あー、忙しい忙しい」と言い、バタバタ忙

しくしていた。

その後、母に家庭裁判所へ連れて行かれ、私は養子縁組は解除され、母と同じ名字になった。

母は何を企んでいるのか……。

不正受給

同じ市内だったが、引っ越しを済ませた。駅から歩いて3、4分の2LDKのアパート。弟と私は同じ8畳の部屋だった。

越して来た夜、私が夜遅くトイレに起きると母の声がした。

「長年かかったけど、すべて私の思い通りになった。私立辞めたことで金は入るし、生活保護で子ども2人を養育してることで15万は入ってくる。あの子からも毎月5万入るって言うし……」

初めから、こうなることが決まっていたかのようだ。

それから、食事中私はいつも無言だった。母はそのことが気に入らなかったのだろう。

「オマエがいると本当、不愉快。金だけ入れて、帰りは遅く、休みの日も他で働いて、なるべく家にいないで」

その言葉は日課のように毎日言われるようになった。

私は休日、市内にある精神科専門病院へ行った。知的検査などを行い、クレヨンを使用した絵画も書かされた。題名は「空と太陽」だった。空は雲1つなく、まっ暗。太陽は紫。ほぼ暗い色に染まっていて、それを見た心理士の驚いた顔が忘れられない。

そんなある日、都内にある帝国ホテルで新人募集があり、私は採用試験を受けた。〝きっと合格しないだろう〟と思っていたが、合否を待った。

そして、一通の白い封筒が届いた。信じがたい。〝採用通知〟だった。私は〝頑張ろう！〟と思った。配属は列車食堂部で、仕事は新幹線の車内販売だった。月給制で約25万円。

私は入社して数カ月経って、お金を貯めたら家を出ると決めていた。そのため、ムダ使いは一切しなかった。

しかし、私には気になることがひとつあった。不正受給されている生活保護のことだった。市役所の担当者を呼び、「母子家庭ではない。うちには4、5年前から同居している男性がいます」と深々と頭を下げると、担当者は笑って優しく、「ありがとう、事実を言ってくれて。勇気がいることだ。実はね、知っていたんだよ。情報が寄せられてね。君のことは言わないから安心して……」と言った。

なんだか胸がすっきりした。

しばらくして、母は私に、

「アンタ、休みなら家の片付けや掃除をしろ！　私はね、市役所の福祉課から呼び出されているから」

きっと生活保護不正受給の件で間違いないだろうと私は確信していた。

昼はそうめんを茹でた。弟は小学校6年生になっていた。義父にも母にも邪魔にされることなく、学校には楽しく行けているようだった。ただ、反抗期だろうか、私とはあまり話さなくなった。

夕方、母が帰宅した。的中した。

「まったく……保護解除だってさ」

そう言って酒を飲み始めた。よっぱらい人間に化け、帰宅したS氏に、

「これからは15万円の金が入って来ないんだよ。困ったねー。あー、イライラする」

そう怒る母と目が合ってしまった。

「オマエ！　オマエがいると不愉快！　死んでくれたらいいのに。何でこんなヤツ産んでしまったんだろう。消えていなくなれ！」

弟は無視し、S氏は黙って聞いていた。

私は明日、仕事だ。博多行きだから泊まり。2日間、この家に帰って来なくていい。

初めての告白

翌日は14時出勤だったが、早朝に家を出た。出勤前だというのに、昨日の母の暴言が頭に残る。

「死んでくれたらいいのに」

私はこの世に特別な未練などなかった。

「きっと私が亡くなれば死亡保険金が入るのだろう」とネガティブ思考になっていく自分がいた。

気がつくと会社に着いていた。同期で入社した佐藤君が休憩室にいた。通り過ぎようとすると声をかけられた。

「本間さん、今日の博多行き、一緒みたい。シフト変わったみたいで」

「一緒なんだ。よろしくね」

「オレ達、随分早く会社に来ちゃったね。外でランチしない」

私は制服の上に上着を着て、ランチへ行った。佐藤君は学年が2つ上で、話が弾んだ。すると、

「本間さんって笑顔がよく似合う」

と言われた。突然のことで、何と返せばよいのか分からなかった。外に出ると空を見上げながら、

「今日は特別一緒のグループだけど、ずっと本間さんの笑顔を見ていたい。僕と付き合ってください」

といきなり告白された。私はハッとした。

〝私の身体は汚れている〟

そう思い、「ちょっと待って」と言うと、ポジティブな彼は私の手を引っ張って、人気のない路地へ連れて行った。

「いいよ、返事は待つから。でも1つお願い……抱きしめてもいい？」

1分くらいだろう……。目と目を合わせられ、戸惑っていると、佐藤君は「僕は軽く見られやすいけど、本気だからね」と言った。

時間になり、会社へ戻って、博多行きの準備をした。

失った信頼

2日後、家に帰ると、弟が学校へ行ったことをいいことに、昼間から、母とS氏は奥の部屋で性的行為をしていた。夢中でしていた様子だったので、〝ふすまを閉めてやればいいのに〟と私は背を向けた。

母は私が帰宅するのが分かっていたのだろう。

「子どもって、こんな風に愛し合ってできるの。分かる？　聞こえているの？　見ろ！」

母は私に言うのだった。〝2人の行為を見て、どうするのか？〟私は母の態度や言動に、もう耐えることができなかった。

S氏が「出かける」と言って外出した後、私は母と口論になった。弟が帰宅したが、もう、かまわなかった。私は自分が福祉課に告げたことも伝えた。首を両手でつかまれ、床に転んだ。私は隠し持っていた刃わたり24センチの包丁を母の目の前に出した。

「殺すぞ！」

私がそう言った時、弟が私の体を足で蹴り、右手に持っていた包丁を取られてしまった。

私は弟の面倒を、本当によくみて来たつもりだった。しかし、弟には、私がどれだけの苦しみを抱えてきたのか、分からないのだろう。

こんな家に、こんな親から産まれてきた私は、18年間、こんな暴力・暴言に毎日耐え続けてきた。

少しでも親に笑ってもらえるように、優しくしてもらえるように、かわいがってもらえるように……と願ってきた。しかし、母が機嫌がいいのは、私の給料日。お金を渡す数時間だけだった。

私の心はもう限界を越えていた。

すべて終わりにしようと思い、白い便せんに遺書を書いた。

《私が虐待にあっても、誰も助けてくれませんでした。警察、行政、学校の先生、周りの大人達、産まれてきても学ぶことさえさせてくれなかった親、一緒になっていじめた担任……。

私は生きていくのを、やめます。
迷惑ばかりかけてきてごめんなさい。　ちなみ》

便せんを封筒に入れ、母と弟は都内までの買い物に出ている時に、マンションの屋上へ上がった。

靴をそろえ、その下に遺書を置き、下を見下ろすと不思議と恐怖心はなかった。

右足を降ろし、目をつむった。〝これで苦しい日々が終わる。さようなら〟

左足も降ろし、息をついた。

自殺未遂

後になって、聞いた話だ。

飛び降りそうな子がいるからと近所の人や知人友人が駆けつけると、私は木々や植木にぶつかりながら、運よく芝生に落ちていた。駆けつけた人は、すぐ119番をしたそうだ。私はさすがに意識がなく、頭や体から血を流し、特に足への損傷が大きかったらしい。マンションの周りには警察官が立ち、規制線テープが張られ、住人でも身分証を確認されるほどだったという。私の遺書があったことから、母は警察で取り調べをされ、私は病院で2度目の三途の川を渡る夢を見た。


どれほど、眠っていたのだろうか?

そして、どれほど図太いのだろう?

〝ピッピッピ……〟と機械の音に気がついた。私は、ＩＣＵのベッドに横になり、血圧、心電図、体温、呼吸、尿までチューブがついて、まるでロボットみたいだった。

「私、まだ生きている」

病院の天井を見て、そう思っていると、1人の看護士が「本間さん？　本間ちなみさんが目を覚ましました」と走って駆けつけてきた。医師が「分かりますか？」と言って酸素マスクを一時的に外し、名前などいろいろ聞かれた。そして、「よかった。もう大丈夫だよ」と言った。

しかし、私は〝何が大丈夫なのか……〟と考えていた。

「神様にいただいた命です。今日からまたゆっくり、一歩ずつ進みましょう」

50代くらいの、キャップに3本線が入った人に言われた。総看護士長らしい。胸を強く打っていたため、目が覚めても2日間は呼吸がしにくかった。酸素マスクした状態で、警察官付きで母と対面した。母は演技がうまく、涙を流すことだって余裕だった。

「ちぃちゃん。ごめんね。苦しかったね」

私は〝またこの人に会うとは……〟と自分の運命が恨めしかった、

数日後、一般病棟に移動した。ことがことだけに病院側は個室にしなかったし、母と2人にならないように私の病室をナースステーション近くにした。

足の手術は、2度も必要だった。4人部屋で、私は窓際のベッド。母は用もないのによく訪れた。

隣のベッドに私とあまり年が変わらない子がいて、目が合うと、お互いにニコリと笑顔を交わした。その子はヘルニアの手術をして、リハビリ中だったのか、歩行器だった。

ある晩、S氏と弟が面会にやってきた。私が使う車イスにS氏が座り、弟をひざに乗せ、クルックルッと回った。私は無視をした。

やってきた母に軽く肩を叩かれ、見ると1カ月分の入院費の請求書だった。私は無言で請求書を取り、床頭台の引出しの中に入れた。

なのに、しつこくまた肩を叩くので、私はナースコールをこっそり押した。すぐに駆け付けた看護士に、「この人、私にしつこいんです」と伝えると、看護士は母に向かい「どうしました？　そろそろ面会時間終了なので、お帰りください」と言い、部屋から母達を追い出してくれた。

また、数日後、今度は佐藤君が見舞いにきた。駅前のケーキ屋で購入したんだろう。手土産の中には1口ケーキが12個も入ってた。「ありがとう」と言うと、首を横に振って「大変だったね」と言う。

許可をもらって、屋上まで車イスで散歩に行くと、眩しいくらいの天気で、空は青かった。すると佐藤君はこう話しはじめた。

「あの日、僕がきちんと話を聞いてあげなくて、ごめん。責任感じているんだ」

「なんで？　佐藤君は悪くないよ。気にしないで」

「早く元気になって、また前のように笑ってよ」

そう言って、車イスのまま私をギュッと抱きしめた。

2人は笑って空を見上げ、「リハビリ、頑張らないとね」と私はつぶやいた。


月日が経つと共に、痛々しい包帯も徐々に取れていった。肺の機能は若干弱かったが、平行棒につかまり、懸命にリハビリに励んだ。

主治医は行動観察のため、私のことをよく見て、看護士からも何かと話を聞いているようだった。夕暮れ時、外来診察室に呼ばれた。

「体は大丈夫かな？」

「大丈夫です。リハビリは辛いけど頑張っています」

「この前、彼と屋上に上がっていたね。空は何色だったかな？　君はこれからもずっと生きていくんだ。必ず嫌なことの後にはよいことが待っている。ここに君が運ばれてきた日、かなりたくさんのアザがあったね、我々大人が助けてあげられなくて、ごめんね」

「……空は初めて青く見えました。頑張って生きていきます。新しい命をもらったと思って」

その後、病院の相談員と話し合った。「まだリハビリは必要だから」ということで、私は自立もしたかったので、アパートタイプのリハビリ療養施設を選んだ。

「病院に通いながら、自立して、簡単な仕事をするなら、浦安の当代島がある」

そう教わった。

私は、入院費用とは別に、さらにお金を下ろした。〝母はきっと金が欲しいのだろう〟私が入院費を払うと、「退院の日でもいいのに」と相談員が言った。私は、「私の行き先は絶対に伝えないで」と約束をお願いした。

私は、車イスで退院の日を迎えた。士長さんには、ピンク色の花束をもらった。本当にお世話になった。

その頃母達は、私が自殺未遂をし、いづらくなったこともあり、市川市へ引っ越していた。私は担当の相談員と、母のいる家に向かった。駐車場のない3階建てのアパート。母の家はその3階だった。階段で私が上がれないと思ったのか、母は外に出てきていた。視線を合わせるのが怖かったが、チラッと母を見た。

「歩けるようになったら、帰って来なね」

〝また金ヅルにするのか……〟そんな思いがわき上がり、母に渡そうと思ってた金は、〝いつか渡そう〟と持ったままでいた。自分の荷物を受け取り、私が「じゃあね」と言うと、母は「うん」と言った。

心を強くするために、1人で暮らしながらリハビリをする……それは、自分で決めたことだ。〝自分の選んだ道を進もう〟と、19歳の私は決意が固まっていた。

リハビリ住居に着くと、外観は古かったが、旧江戸川が流れていて、空気は気持ちよかった。部屋はバリアフリーになっていて、中に入ると、歩行器が置いてあった。1号室~7号室まであり、私は2号室。食事は食堂、入浴は共同浴室、緊急用トイレも備わっている。床はフローリングで、医療用ベッドがあった。

私が通院するのは、昔、行ったことがある順天堂大学病院だった。奇遇だと思った。リハビリでは、泳げないが、浮き輪で浮いて足をバタバタさせた。日常生活では、自分のことは自分でやらないといけない。そんな日々が半年くらい続いた頃、やっと両足で立つことができた。松葉杖を使用できるまでの回復ぶりだった。

〝母がいる家に1度は戻って暮らさなければいけない〟と思ったが、〝大丈夫。未来は明るい〟と考えるようにした。

退室の日が決まり、その準備を始める。外で働けるくらいの体力・気力は戻っていると感じた。杖がなくても、手すりがあれば上がれる。そして、私は思った。

〝1日も早く足を治して働き、お金が貯まるまで耐えよう〟

施設を後にし、相談員と一緒に家に戻ると、母、弟、S氏の3人がいた。私はすでに車イスはなかったが、杖はまだ必要だ。相談員と母はいろいろと話をしていた。相談員の帰り際、深々と頭を下げた。


数日間は何もなく過ごし、日中は杖なしで階段を上り下りした。時間があれば歩いて15分ほどかかる駅まで行った。

ある日の晩、夕食はアルミホイル鍋のままの鍋焼きうどんだった。ふきんを使って両手で持ったが、足がもつれて、うどんを丸ごと床に落としてしまった。

私が「助けて……」と言う前に、「あーあ、やってくれたよ」と母と弟。

ひじをテーブルについて、こちらを見ているだけだ。

「……助けてください」

「自分のことは自分でさせてくださーい、って言ってたけど？」

私は足の力を付けるためのバンドを外し、しゃがんで床を拭いた。そこへ、母はさらに言ってきた。

「この建物を右に曲がって、線路が見えたら、また右……。そしたらコインランドリーあるから、行って、洗って乾燥してきて。雨が降って階段がすべりやすいし、夜だから、アンタが行って」

寒い1月だった。私は言い返した。

「家の洗たく機は？」

「へっ？　アンタの物はコインランドリー。ついでに、お風呂は左側のコンビニの並びに銭湯があるから。後は弁当でも……ねっ、よろしく」

私は耐えた。カゴに汚れた台所のマットを入れて、1段ずつ慎重に階段を下りた……だが、残り3段のところでズリズリと転倒した。

〝私が悪いんだ。こんな体になったから……〟

コインランドリーは1つだけ空いていた。洗たくから乾燥まで40分、私は座って待った。〝もう20時か……お腹すいたな〟周りに誰もいなかったので、歩いてみた。

〝下ばかり見ないで、顔を上げて歩く。そうだった！　怖がらず、前を向いて歩け……〟

帰りには雨が止み、ゆっくりだが杖をつかずに歩いた。私は、〝明日から、杖なしで歩いてみよう〟と思った。

寝室には2段ベッドがあり、上が弟で、下が私だった。

〝2段ベッドか……義父に10年間、虐待されたっけ……〟

この時、弟は中学1年になる年齢だった。〝私より大きくなったんだな……〟。私の時と違って、毎日学校行けてるんだろうな……〟と考えていた。

弟は朝7時前に登校する。日中の仕事に変えた母は、8時には出勤し、夕方、買い物をして帰宅する。母はS氏と再婚したらしく、すでに私と同じ名字ではなかった。

私は〝この足なら〟と思い、大型スーパーのレジ係の求人を見て面接に行った。日中の仕事であれば職は問わないと思った。

サラッとしたものだ。「明日から来て」ということだ。少しの間、足が不自由な場面もあることを話しておいた。

20回目の誕生日が訪れ、私は〝今日で20歳……きっと誰にも祝ってもらえない。そんな子なんて、私だけ……〟そう考えながら、駅前の花屋で1輪の花を購入した。

家に戻り、花を仏様にも見せた。銭湯へ行こうとした時、母は浴そうの中を洗っていた。私とS氏を間違えたのか、母は「お風呂入る?」と、こちらの方を見て「なんだ、アンタだったの」と言った。私はこの家で、一切お風呂を見たことないし、入ってはいけないのだから興味もなかった。

レジ打ちの仕事は楽しかった。月にフルで働いて15万円くらいだったが、そのうち

5万円は家に入れた。

昼は食堂室で、夜はコンビニ弁当。レジ打ちは立ちっぱなしのため疲れたが、足に力が入ってよかった。そこで、もう少し範囲を広げて仕事を探した。総武線沿いで便利はよかったが、目に光る会社があった。

宅急便の運送会社。時給千円だったのだ。即、問い合わせをして面接の日時が決まり、何年ぶりかの東西線に乗った。

懐かしい駅、懐かしい街並みが目に入り、いろいろな思い出が脳裏をめぐった。面接場所へは、南砂町駅から歩いて10分もかからずに着いた。会社の中はいろいろな課があって迷いそうだったが、面接は10分ほど。即、採用になった。

「忙しいから、明日から頼みます」

私は1人で浮かれた。

出会い

平成元年8月1日のこと。私は配送窓口課に配置され、朝8時の朝礼で上司と一緒に皆の前に立ち、「今日から、よろしくお願いします」と挨拶をした。職場は男9人、女は私を入れて2人だった。

仕事が始まると、バタバタと忙しい。「初日は分からないことが多いと思うけど、まずは動作で覚えて」と言われた。

皆がお昼休憩に入り、職場は男性2人と私の3人だけになった。するとドライバーに「○×□取って！　早く！」と言われ、私は気が動転してしまった。

そこへ、スッと素早く対応してくれる男性が現れた。私は「すみません」と謝った。

「何が？」

「分からなくて……」

「当たり前ですよ。今日、入ったばかりなんだから。僕、村松っていいます。分からないことがあったら聞いてくださいね」

ニコリとした笑顔に、私は安心した。

14時頃になると、ザワザワとしていたのが落ち着いた。

「本間さんの指導役、村松君に頼みます」

コソコソと「コイツ、無口だけど、大丈夫？」と言われながらも、彼の方を向いて「お願いします」とお辞儀した。そこから17時まで、彼は付きっきりで教えてくれた。

「もう時間だね。僕は食堂に行くのでお疲れ様。ゆっくり休んで」

「あの……私も食事して帰ります」


「食べながらごめんね。1人暮らし？」

彼がそう聞いてきたので、私は少しだけ事情を話した。すると、「電話は？　夜、電話で話せる状況？」と聞かれたので、私は家の電話番号を教えた。

「会社の上司になりきって連絡するから、待ってて」


家に戻り、20時30分頃だった。家に1本の電話が鳴った。受話器を取った母が「アンタの会社の人から」と渡してきたので、私はとっさに明るい声で出た。

「ダメだよ……僕は会社の上司ってことになっているから……大丈夫？　何もされてない？」

次の日、私はノートを探した。彼は教育係なので、お昼休みも一緒だった。私はカバンからノートを出してこう言った。

「村松さん、よろしければ、交換ノートしませんか?」

初めは動揺してたが、「いいよ。僕から書いてもいい? 明日は君ね」と彼はノートを受け取り、その日から会社へ行くことと交換ノートが私の楽しみとなった。

また次の日、彼は私にこっそり「僕のロッカーの上段に置いてあるから」と言う。

その日のお昼は同じ課の女性と食べることになっていた。休憩室に行くと、他の人に見られないように「村松」と記名があるロッカーを開けて、ノートを取り出し、急いで食堂へ行った。休憩は60分。私は食事を済ませ、日陰を選び、1人芝生の上に座った。〝なんて書いてあるんだろう〟ノートを開くと、

〝えっ? 詩……? これだけ?〟

しかし、次ページにも続いていた。

《運命かもしれないね。君はいつも笑顔で可愛い人。大好きだよ》

ノートだから口で言えないようなことも書けるが、照れくさかった。

その日の夜、電話が鳴った。母は「また会社から」と言うと、「アンタ何かやらかしてんの?」と疑われた。自然と笑顔になっていた私を見て、母の勘で〝何か変だ〟と思ったのだろう。

プロポーズ

彼と20分くらい話をしていると、電話のある部屋に母がやってきた。私はごまかそうと思い、『今日はすみませんでした』と言ったが、そこで母から大量の水を浴びせられた。

「まったく、誰と話してんだろうね」

私がタオルで拭いていると、電話の向こうで「今、何されたの」と心配をしているので、私は正直に話した。

すると、少し沈黙が続き、突然「結婚しよう」と言われた。

「明日、日曜日だけど、予定は？」

「何も……」

「じゃあ、明日9時、市川駅前で待ってるから。気を付けてね」

電話を切ると、〝私が結婚？　結婚って……本気で言ったのだろうか？〟と私は動揺していた。

部屋から出ると、母が酒を飲み干して、

「金、持って来てよ！　前借りでもしてさー。会社に、給料先払い5万を頼んでよ」

と、とんでもないことを要求してきた。

私は「ちょっと仕事でミスって……明日も仕事だから」と言って、自分の部屋に戻った。


〝9時に間に合うように……〟バッグに花柄のワンピースを入れて、普段と同じ装いで家を出た。

駅まで行くと、彼が立って待っていた。

「ごめんね、待った？」

「おはよう。大丈夫だよ。そんなに急ぐと転んで危ないよ」

私は「ちょっと待ってて」と言い、駅のトイレに入って花柄のワンピースに着替えた。再び戻ると彼は〝ポッ〟と顔を赤くした。

彼が「名前で呼んでいい？」と言うので、〝ちぃちゃん・茂君〟と呼び合った。

母と鉢合わせする恐れがあるため、彼はさっそく「どの辺に住みたい」と聞いてきた。

「葛西かな」

「じゃあ、行こう」

電車は下りのせいか、ガラガラだった。電車の中でもいろいろと話をした。

「茂君、葛西に行ってどうする？」

「君と僕の新居探しだよ。オレは今、練馬で1人暮らしだけど、近い方がいいし。ちぃちゃんと2人で暮らす家探しをしよう……いい？」

私は「うん」と答えた。

数多くある不動産を見て回り、「ちぃちゃん、駅からちょっと歩くけど、ここどうかな？　新築だし」と彼が言うので、私は任せた。

アパートの中を見せてもらうことになった。車で10分くらい、東方面だった。アパートへ着き、案内されたのは102号室。新築のいい匂いがした。2DKの部屋で日当たりもよく、周辺には小さなスーパーもある。私達は即決した。

カギを渡される頃には、もうお昼を過ぎていた。「何か食べよう」とレストランへ入る。

「ちぃちゃんの荷物、どうしようか？　実家にたくさんある？」

「私はジャマにされているし、何もないよ」

「じゃあ、すべて新しく購入しよう」

そして、彼は私の指輪のサイズを聞いてきた。私は「9号だよ」と答えたが、この時、特に何も考えていなかった。

駅前にショッピングモールへ行き、ひとまずライト、食器、布団、テレビなどの必要最低限の物と、私が好きな花柄の明るく可愛いカーテンを購入した。本当はいけないが、彼のこぐ自転車の後ろに座る。

「なんか、秘密基地みたいで楽しい」

「秘密基地なんかじゃないよ。2人の生活を始めるんだ」

彼はしっかりしているが、私より2つ年下の18歳だった。彼も両親とは暮らしたがお金には苦労し、私と同じく14歳から働いていた。都内の大学を受験するため、九州から上京し、今年の春、高校を卒業したばかりだった。


アパートに着き、私が「カーテンを付けるね」と言うと、彼は「少し待ってて！すぐ帰るから」と、また自転車で外出した。

私は1人で、改めて部屋を見回し、「ここで暮らせば、母から逃げられる。あの地獄のような日々から……」と思った。

カーテンも付け終わり、部屋は暮らせるようになっていた。彼は外出してから30～40分くらいで帰宅した。そして、

「ちぃちゃん、とりあえず親に言って、反応を見よう」と言い、私と彼は市川へ戻る

ことにした。

その途中、「ちょっと渡したいものがある」と彼が言うので、静かめなパーラーに入って、オレンジジュースを2つ頼んだ。彼は「左手出して」と言って、私の左手の薬指に指輪をはめた。

「ごめんね、安物で。苦労かけると思うけど結婚してください」

照れながら言う彼に、私は笑顔で「はい」と答え、2人して微笑み合った。そして、自宅近くの路地まで来ると、彼は私に優しく口づけをした。うれしかった。

初めての夜

家に戻って夢のような一日を振り返り、私は〝どうかこの夢が覚めないで〟と願いながら、左手薬指を見た。ダイヤモンドは小さかったがキラキラと光り、〝私は結婚するんだ〟と改めて思った。

弟が入浴中、私は母に伝えた。

「私、結婚することにしたから」

母は私の話をいつも真剣に聞いてくれず、冗談だと思っているようだった。〝仕方がない〟と、私は結婚することや、週の半分はこの家に帰ってこないことを手紙に書いた。そして、服などを整理した。

今でいう〝スピード婚〟だ。出会って半月で私はプロポーズされ、会社がお盆休みになりはじめる頃、新居にはすべての物が揃っていた。

「今日から泊まれるでしょう?」

「うん」

初めての夜、私は晩ご飯を作った。お風呂を見て〝やっと家でお風呂に入れるんだ

よね〟と小さく呟いていると、彼が「どうしたの？」と訪ねてきた。私は幼い頃から
これまで、義父と母にやられてきたことをすべて話した。
入浴をそれぞれ済ませ、パジャマに着替えた。リビングで雑用をしていると、彼が
やって来て、手を差し出した。
「一緒に寝よう」
私は「うん……」と言って、ぎこちない仕草でベッドに入った。彼はほっぺに軽く
キスをして、私を抱きしめようとしたが、私は硬直状態になり思わず拒否してしまっ
た。
「僕は大丈夫だから。昔のことを知ってるし、受け入れられるまで待つよ」
彼は優しく言って「僕のこと好き？」と聞いてきた。
「好きよ。大好き。ごめんなさい」
「なんで謝るの？　ゆっくりでいいから」
初めての夜は、手をつないで眠った。

顔合わせ

一カ月くらいが経ち、久しぶりに母がいる家に戻った。

「アンタ、本当に結婚するの？」

「するよ。同じ会社の人」

「連れて来なさいよ。言いたいことあるから。アンタじゃなく、相手に言うから。今度の日曜日なら空いているし」

そのことを会社の休憩室で彼に言うと、

「顔合わせか……、分かった。行こう」と2人で行くことになった。

私は母の〝言いたいこと〟が気になっていた。


母がいる家に着いてドアを開けると、彼は「はじめまして。ご報告が遅くなりすみません」と謝罪を始めた。母は「中にどうぞ」と私達を中へ通した。

居間のテーブルには、豪華な寿司や刺身盛り合わせ、おまけに酒まで用意されていた。「松村さん、どうぞ召し上がって……」と言った母は、彼に趣味などいろいろ聞いていた。彼は「僕は本が好きです」と答え、「酒もタバコもやらないので」と付け加えた。テーブル上に酒もタバコもたくさんあったからだろう。母は言い返すように、「松村さん、娘と結婚するんですすよね？　あちらのご両親は？　私は親として娘を渡すんです。結納金をきちんと頂かないと……、犬や猫を渡すわけではないのですから。それが無理なら結婚式ぐらいは当然ですよね」

と言い、彼は「早急に検討します」と答えた。

私は母の手招きで台所に呼ばれた。

「今日の寿司と刺身、酒代だけど、合わせて2万円……」

そう言って手を出してきた。〝やっぱりな〟と思い、私は2万円を差し出した。

彼が「もう行こうか？」と言ったので2人で家を出て、駅まで歩いた。

「いくらお母さんに払ったの？　君は本当によく耐えてきたんだね」

突然、彼は泣き出したのだった。

夜になり、「今日はごめんね」と私が謝ると、彼は「僕も取り乱してごめん」と言い、2人は手をつないでゆっくりベッドに入った。彼は私を見つめて「もう大丈夫だよ」と言い、乱暴ではなく、優しく私を抱いたのだった。

翌朝、裸の私は、手も足も結ばれてない。

〝大丈夫。抱かれていくうちに、きっと10年の思いは消えていくだろう〟と思った。

小鳥のさえずりと共に起き上がり、朝食を作った。ハムエッグを焼いていると、彼が「おはよう」とキッチンにやってきた。後ろを振り向き、私も「おはよう」と言う。穏やかな時間だ。

彼が「今日、結婚式場へ行こう」と言ってきたので、私は「母の言うことなんか……」と返すと、

「言われ続けられたら嫌だし、君にもドレスや着物着せたいし」と言ってくれた。

式場へ行くと、純白のウェディングドレスを着用したマネキンが飾ってあった。私が子どものような目の輝きで見ていると、ウェディングプランナーが寄ってきて、私に声をかけた。

「こちらは新作です。ステキですよね?」

〝新作かぁ……。きっと高いんだろうな……〟と思い、彼のところへ行った。

彼は「ドレス、着てみたら?」と言うので、私は着てみた。鏡の前に立つと、まるでシンデレラのようだった。そして、〝そうよ……。過酷な状況から、今の私がいるのだ……〟と思った。
1、2月は式場に空きがなかったため、3月3日のひな祭りに家族だけで式を挙げることにした。私が「お金、大丈夫?」と聞くと「ブライダルローンにしたから。格

安プランにしちゃってごめんね」と彼は答えた。

新居に戻ると、家から私の荷物が届いていた。しかし、2人は「入籍はいつにしようか」という話でいっぱいだった。

「私ね、20歳のうちにしたいなぁって思っていて」

「じゃあ、年内にする？」

「私はいいよ。今の名字は義父のだしね」

すると、彼がこう言った。

「僕の親は身障者だけど、新幹線で九州から来るんだ。会ってくれるかな？」

「えっ？　私に聞いてるの？　当たり前でしょ‼」

私がそう言い返すと、彼は安心した表情を浮かべた。


その日になり、東京駅へ行くと、盲目の50代らしき男性が杖をつきながら、こちらに向かってきていた。

声をかけて、私の存在を確認すると「茂がお世話になっています」と言い、私は「とっ、とんでもございません。こちらこそ茂さんにはいろいろしてくださり感謝しています」と緊張して答えた。

「もう、堅苦しいあいさつばかり。やめようよ」

そう言った彼に連れられて、駅の地下で3人で昼食を共にした。お父さんは「茂は、茂は……」と彼の小さな頃の話を始めた。彼は3人兄弟の末っ子で、4つ上の兄と2つ上の姉がいるらしい。兄より姉と仲がよかったそうだ。

ひとしきり話したお父さんは、「結婚かあ、金もかかるだろう」とお祝い金が入っている封筒を差し出した。そして、東京滞在約2時間で彼のお父さんは帰って行った。

「ちなみさん、茂を頼みます」

そう言って、新幹線のドアが閉まった。

彼の豹変

私はこの頃、仕事が時短になり、昼までの勤務になっていた。1人で早く帰ったので、先日届いていた自分の荷物をガムテープを外し、寝室で中身を見ていると、私が見てない手紙などがあった。どうやら自殺未遂以降のものだった。目を通すと、その中には佐藤君からの手紙も入っていた。

《オレも会社を辞め、父親の会社の手伝いをしています。連絡先を書いておきます。いつでも待っています……》

手紙を片付けようと思っていると、彼が帰宅した。

「早いね！　おかえりなさい」

動揺が隠せなかったのだろう。彼が「どうしたの？」と聞いてきたのでとっさに、

「母から荷物が送られてきて、いろいろ入ってて……片付けようとしてたの」

と答えた。彼は私の後ろを見て、こう聞いてきた。

「手紙がたくさんあるけど、この佐藤って男のしか封を開けてないじゃん。まさか、まだ繋がっているの？」

「違うよ。事故の後、数回見舞ってくれて……、仕事の同期の同僚だよ」

するると、彼は手紙を手に取り、読み上げた。

「……『僕は君が大好き。君も僕のことが好きと言ってくれて嬉しかった。連絡待ってる』……なんだ、これは!?」

彼は私の左耳と頭を殴ってきた。〝痛い!〟私は床をズリズリと這いながら「何もないって」と弁明した。

左耳が聞こえなかったが、彼には黙っていた。すると今度は、彼は私をベッドに押し倒した。お気に入りのワンピースをボタンごと引きちぎりながら、

「オマエは、オレのものだ!」と言った。

怖かった。耳も痛い。拒否できなかった。〝どうして……どうしていつもこうなるの?　神様……助けて……〟と、心の中で叫んだ。

それは夜中の2時頃に終わった。キッチンの隅っこへ行き、朝になるまで冷たい床に体育座りをし、〝彼と別れよう〟などといろいろ考えていた。

朝になると彼も起きてきた。私を見て「ごめん、ごめんね。もうやらないから、もう叩かないから」と、聞こえない左側から言われた。

耳鼻科へ行こうと思ったが、急に吐き気がして、おう吐をくり返した。

〝そういえば、生理がきていない……2カ月も!　私、妊娠したの?〟

12月の寒い日、彼と一緒に産婦人科へ行った。医師はにこやかに「おめでたですよ。もう3カ月目に入るところです」

と言った。〝3カ月といったら、彼と初めて……私のお腹に赤ちゃんが？〟私は嬉しくもあったが、なぜか、恐怖心もあった。

予定日は7月28日。彼は「子どももできたことだし、入籍しよう」と言い、私は言われるがままに入籍した。ずっと働いていくつもりだったが、つわりがひどくて食欲もなくなり、遂に寝たきりになってしまった。

ところが、彼は〝夫〟になった途端、働かなくなってしまった。「子どもが生まれるんだよ。仕事は？」と聞いても、「なんとかなる」の一点張り。

私が動くことができない間、冷蔵庫にいろいろなものが溢れた。名字を変更しようと思い、財布にあったはずのクレジットカードを探すも、見つからない。夫に聞いてみると、

「あっ、オレが持っているよ。ポイントも貯まるし。もう結婚したんだから、金のやりくりは当然一緒でしょ？　オレがやるから安心して」

と言われ、私は不安を感じた。

ホームレスになった日

年が明けて、2月。私の誕生日に夫はケーキを買ってきた。

3月の結婚式の頃には、つわりは少しだが軽くなっていたため、〝夫が働かないなら私が〟と思って働いたが、2、3日しか続かなかった。

ただ時は過ぎていき、お腹はさらに大きくなった。もう9カ月を過ぎようとしていた頃、突然玄関のドアを叩かれ、外から勝手にカギを開けられた。不動産業者の人だ。

「6カ月分の家賃滞納で36万円。敷金2カ月分を引いた24万円を、保証人になっているちなみさんが払ってください」

そう言って《退去命令》を差し出された。

〝こうなるまで、なぜ働かなかったのだろう……〟

自転車2人乗りで葛西から船橋までたどり着いたのが、もう22時頃だった。お腹が空き、コンビニ前にさしかかると夫は「ちょっと待ってて」と言った。そして、ベンチに座って待っている私に、「これしか買えなかった。ごめん」とチロルチョコ1個だけを差し出した。私は、昔と変わらないどころか、お腹に子どもまでいるのにこんな状況で、親としてみじめで仕方なかった。まるで〝妊婦ホームレス〟だ。

夫は「幕張町の新聞配達員になれば、家もタダだし、前借りもさせてくれるらしい。津田沼を抜けて幕張まで行こう」と言ったが、私は空腹で話す気にもならなかった。

明け方になって、幕張町に着いた。本当に惨めだった。アパートは無料らしく、夫はとりあえず10万円貸してもらったらしい。案内された部屋にはカーテンや電球、エアコン、電話まで付いていた。至れり尽くせりだったが、私は夫を許せないでいた。

それから夫は、まるで人が変わったように働いた。朝3時に起きて朝刊を配り、夕方15時から夕刊を配る。毎月25日には集金をする仕事内容だった。

しかし、ある日、私宛てに手紙が届いた。〝ヤミ金融〟のようだった。恐る恐る電話すると、「本間ちなみさーん。60万円、早く返してくださいよっ。結婚したって聞いてますけど」と言われた。

私が「必ず返します。毎月5万円の返済でお願いします。許してください」と言うと、「ご主人もかわいそうだ！　こんな奥さんで……。1回でも遅れたら体で返してもらいますよ」と電話を切られた。

帰宅した夫に〝60万円〟のことを問いただすと、「60万っていっても、2人で6カ月間、生活してきたじゃん。僕が返せばいいんでしょ？　分かった」と投げやりだった。

第一子誕生

臨月に入って身動きしにくい体となり、晩ご飯は宅配サービスを利用した。それほどの体なのに、夫の性的欲求は止まらなかった。出産前日でも、だ。

翌日、宅配サービス業者と電話のやり取りが終わると、〝パシャー〟と破水した。急いで産科に行くと、陣痛誘発剤を入れられた。夫も駆けつけたが、忙しい時期だったため私の顔を見てすぐに仕事へ戻った。

夕食時から弱い痛みが続いた。19時頃にはＭＡＸに達したが、20年間生きてきて我慢することが当たり前になっていたせいか、20時30分まで耐えてしまい、限界を超えてナースコールした。看護士が少ないなかでやっているらしく、怒られた。

「まだ皆、起きている時間で忙しいの‼　わかる？　痛いなら歩いて来てちょうだい‼

……でも、かなり痛そうね。ちょっと診てみるから分娩室へいきましょう」

私は話すこともできないくらいの状態だった。内診をする前から、

「あら？　全開で頭が見えている‼　早いわね。相当痛かった？　先生に連絡を……

先生！　もう頭見えています、すみません」

と慌てて電話で先生を呼び出していた。私は2、3回いきんだのだろうか……

「オギャー、オギャー」

平成2年8月2日木曜日、21時47分。元気な産声で、第一子が産まれてきてくれた。

産湯に入れてもらい、産着を着てわが子が、私の顔の横にやってきた。

「元気な女の子ですよ」

愛おしい、ふっくらした女の子。一生懸命この子を育てていこうと思った。〝若いママとパパだけど、よろしくね〟

名前は夫が付けた。

夫は翌日、わが子と対面した。私は「出産費用は大丈夫なのか?」と夫に聞くと、「会社で借りた」と言っていた。

退院後、沐浴などは育児本などを読み、手探り状態でやっていた。夜泣きは2時間おきで眠かった。授乳のために私が胸の出るパジャマを着ていたら、夫は子どもの目前で始めようとしたため断ると、「もう、産後2カ月になる! いつまで我慢させるんだ」と怒るので、自ら裸になった。夫とは週3～4回ペース、それに乳児の世話と食事作り……とヤレヤレの日々だった。

12月になった。

ある日突然、夫が「面接に行ってきた。次は社宅があって、給料も今よりいい」と言った。私が、「今の所だって、かなり世話になっているでしょう。天引きは仕方ないよ」と言うと、「いいの!! もう決めてきたから」とそれ以上聞く耳を持たなかった。

〝……また江東区に行くのか〟

もう江戸川も江東区も、今回の件で全く未練はなくなった。子どもが風邪など引かぬよう、引っ越し先へは業者の車で行った。

そこは古くて汚い社宅だった。しかも、ワンルームではないか。トイレは和式、風呂場は共同で2階にある。売店も2階。住まいは3階だ。〝この社宅はファミリー向けなのだろうか〟と疑問だった。

そんな中、体に異変を感じた。吐き気がしたのだ。〝まさか、また妊娠?〟予定になっても生理がこない。夫に話すと一瞬、驚きの顔になった。

タウンページを見て産婦人科へ一軒一軒連絡をして、初診料を聞いた。公衆電話しかないため、電話さえも子どもをおんぶしながらで大変だった。〝あー、アイスクリーム食べたいな〟と売店を見るが、私の財布には52円しかなく、常に我慢と忍耐の日々だった。

月末に給料をもらっても借金で消えていく。月に5千円~1万円残るといいほうだった。

子どもは生まれて7カ月が経ち、つかまり立ちなどをするようになっていた。自分のお腹に手を当てると、やはりふっくらしている。1日も早く産院へ行きたくて、下町・月島にある「初診料3千円」という産院へ3人で行った。

「妊娠4カ月です。気づかなかったですか？　もうすぐ5カ月目に入りますよ」

と先生は言った。

私は〝中絶〟という言葉を小声で言おうとしたが、「手足バタバタして元気ですね」

地下鉄のホームで夫に「産みたくない」と話すと、「産んでよ。もっと働くから」と泣いてお願いされた。

しかし、私は、「責任がない親になりたくないだけ。お金も人から借りないと産めないなんて嫌だし。生みの苦しみや痛みも男には分からない!!」と怒鳴りつけたのだった。

さらに、「もうひとつ、夫婦生活をしたくない！　私は子どもが出来やすいみたいだし、アナタは避妊しないし」と、ここまで言うと、夫は返す言葉もないようだった。

数日後、夫が言ってきた。

「この会社は前借りや金を貸すことはやってないって。また新聞配達に戻るよ」

「だから辞めないで、あのまま幕張にいたらよかったのにね」

「仕事を休んで探してくるよ。上司が来たら病院って言っておいて」

私は〝また引っ越しか〞と思っていた。

夜、夫は帰宅すると「埼玉県三郷市に決めてきたよ。頑張るからさ」と言った。私は寝ていたが、夫はさらに続けた。

「来週からだから、引っ越しは2日後ね」

私は起き上がり、夫に言った。

「退職するときはきちんと会社に言ってね。困るの私だし、保険証のこともあるんだから」

夫は「明日言うよ」と答えた。

引っ越しの日は夫が日曜日を選んだ。上司の奥様にお礼を言うと「何？　どこ行くの？」と騒ぎになった。夫は、また逃走するつもりだったらしい。会社に呼ばれ、相当叱られたのだろう。かなりの時間、私と娘は待っていた。引っ越し業者は先に三郷に行ってしまい、私と娘は後に戻ってきた夫と3人で電車で行った。

3度目の引っ越し

西船橋で乗り換え、武蔵野線で6つ目の駅。江東区〜西船橋を経由したが、嫌な思い出しか出てこなかった。

三郷のアパートはボロ家だった。2DKでシャワーなしの浴室があった。以前の住民が使用していたのであろうホコリをかぶった洋ダンスと食器棚があったが、汚すぎて使用する気にはならなかった。

新聞店の所長さんがアパートへ来た。あいさつをして、わが家の状況を確認し、もうすぐ1歳の娘を見て「父親ならしっかりしろよ」と夫に言った。そして、前給料で20万円を貸してくれた。惨めだったが、ありがたかった。〝これでオムツもミルクも買える〟と思ったのだ。

妊娠7カ月を過ぎる頃、第2子を迎える準備をしながら、所長さんの家に遊びに行くこともあった。所長さんの家には1つ違いの男の子がいて、庭にビニールプールを出してもらい、娘は喜んで遊んだ。

奥さんは「もう使わないから」とA型B型のベビーカーを譲ってくれた。大きいお腹で娘を抱っこするのはハードだったため、とても助かった。

ふと奥さんに「この辺、分からないでしょ？　産婦人科も、場所教えるから」と言われ、車に乗せてもらった。〃乗用車は義父がよく乗っていたな〃と思い出し、外を眺めた。

産婦人科へは隣駅まで行かないとダメなのか……と思ったが、できたばかりの産院で、3階建てだった。

〃せっかくなので出産予約もしなくては〃と思い、産院で降ろしてもらい、検診を受けた。実は、月島で診てもらって以降は、金に一切の余裕がなく、8カ月まで放置してしまっていたのだ。私は第2子に申し訳なかった。

内診の結果、「異常なし。元気な子ですよ。でも、やや小さめかな?」と言われた。「うちで産みますか?」と聞かれたので、私は「お願いします」と答えた。

トイレに行くと、なにやらいろいろなスイッチがあり、1つボタンを押すと温かな水が飛んできた。ウォシュレットだ。初めて見る光景に驚いた。

私は受付で〃出産費用〃を訪ねた。受付の人は、どこかホテルの従業員みたいな服装と笑顔で「大体40万から50万ですね」とさらっと言った。院内は、見るからにすべて個室だ。

私は娘がいたので〃計画出産〃という方法を選んだ。「37週0日で」と計算すると、9月13日が出産予定日になる。

私は1日でも早く腹の外に出して、ミルクで栄養を取ってほしかった。1日2食で栄養不足の腹にいるより断然いいだろうと考えたからだ。

前日の9月12日に入院となり、私は娘を夫に預けて1人で産婦人科へ向かった。去年の痛みを私は今年再び経験することとなるが、「最後の出産」と思い頑張った。

第2子誕生

入院するとバルーンのようなものを押し込まれて、一夜を過ごした。食事は一流レストラン並みのメニューで、病棟はまるでホテルだ。布団も羽毛布団だった。長女を出産した古汚い産院とは、まるで天と地の差だった。

翌日、出産の日、夫と娘がやってきた。夫はまだ集金が終わらないそうで、聞くと娘をおんぶしながら仕事していると言い、私は驚いた。

〝生まれたら、長女の世話も私がするから夕方まで働いて……〟と思った。

分娩室に入ったのは、午前11時40分。生まれてくるまであっという間だった。午後12時9分に、か細い声で産声を上げた。第2子も女児だった。検診回数が3、4回でも無事に生まれてきてくれた。

2人目は私が命名した。

2716グラムの小さめの赤ちゃんだった。私は次女に、「ミルクをたくさん飲んで大きく育っていこうね」と語りかけた。1歳1カ月違いの年子の誕生となり、会社にはすでに80万円の借金となった。

子どもが２人になり、私は育児に没頭していた。夫のことは〝80万円も借りてるんだ！　もう勝手に辞めたりしないだろう〟と高をくくっていた。

次女の夜中の授乳が落ち着いてきた年の暮れ、いつもどおり帰宅した夫が突然「今から市川へ引っ越そう」と言った。

もう18時を過ぎ、外は真っ暗だ。私が冷静に〝何で？〟と考えていると、すでに小さなトラックがアパートの下に停まっていた。

「急いで!!」

何か悪いことをしているかのような、まさに夜逃げ状態だった。荷物は布団３組と段ボール２箱、テレビだけだ。荷造りを10分ぐらいで済ませ、豆電球１つだけの寒い荷台に乗る。長女にはたくさん上着を着せ、次女は私が抱っこした。

私がふと「あっ、80万の借金は？　言ってきたの？」と聞くと、夫は「大丈夫!!きちんと返していく!!」と言った。私は半信半疑だったが、２人の子の世話で気に留めておく余裕はなかった。

しかし、このことが事件になっているとは、この時思いもしなかった。

市川大野へ来て10日目のこと。22歳だった私は何が起きても揺るがないと信じて、三郷の店に連絡をした。

「村松です……」

そう名乗ると、冷酷な対応で、

「警察に捜索願いを出したから。黙って出て行き、借金も丸々残っていて……。アンタもあんな夫で苦労するね。謝罪ぐらい来なさいよ」と言われた。

私は謝りっぱなしだった。

そのことを夫に話すと、貝のように黙る。ズルイ人だ。警察の件は謝罪に来れば許すというので、私は「行って来て」と夫に言ったが、「僕が子どもを見てるから、代わりに行って来て」と、信じられない言葉が返ってきた。しかし、このままではいけないと思い、意を決して私が行くことにした。

長女は「ママ、どこ行くの?」と心配した顔を見せた。

私は「大丈夫。パパとなっちゃん(妹)と待っててね」と外に出た。

不安は隠せずドキドキした。電車で5つ先の駅、三郷で降りた。

新聞店に着くと店主が待っていて、「2階へ」と案内された。私は入口に入ったところで「この度は多大なるご迷惑をおかけして申し訳ありません!」と謝った。

「ダンナは……来れないだろう。アナタも大きなお世話だろうけど、考えないとずっと苦労するよ」

店主からそう言われた。私は毎月5万円振り込むことを約束し、新しい住所を教え、深々と頭を下げて店を出た。

10年の結婚生活

ある日、新聞店の店主から、「本人（夫）を呼んできて！」と言われた。けじめとして、夫に謝罪してほしかったのだろう。当然といえば当然だ。20分ぐらい話したのだろう。「奥さんに感謝しろよ!!」と怒鳴られ、和解して帰ったそうだが、子どもが保育園に行っている間、私は夫に顔を殴られ、鼻血が出た。結婚して4年、2回目の暴力であった。それから数カ月、夫とは無言状態が続いた。娘達は保育園から幼稚園へ移し、私も働いた。

長女が年長の途中、2人で働いた甲斐もあり、預金が貯まった。新聞広告を見て、マイホームの話題になり、田舎だが物件を見に行った。「佐倉市」という名称の場所だった。60坪で2，000万円台。市川市では考えられない。安くはないが、賃貸を払っていくことを考えたらと思い、契約して購入した。

家は早々3カ月ぐらいで完成し、平成8年11月にマイホームを手にした。まだ私は28歳、夫は26歳、子どもは5歳と4歳だった。

その後、夫はデリバリーの寿司屋の店長候補になっていた。

職場は幕張になり、店長となってこのまま順調……かと思いきや、「週末は忙しい」と言って帰宅しなくなった。私は素直に〝寿司屋だから週末忙しいのだろう〟と思っていたが、帰宅した夫は、いつも首元にアザのようなものを作っていた。

私は〝女の勘〟で浮気をしていると思い、証拠を突き止めるため、探偵に依頼すると、やはり女子大生と浮気をしていた。その時、娘達は小学4年生と3年生にまで成長していた。

その頃、私は車の免許を取得して、市外で働いていた。車の話で7つ年下の男性と意気投合し、肉体関係はもちろんなかったが、同じ市内に住んでいることまで知っていた。

夫に浮気のことを問い詰めると白状しなかった。ただ、私にも気になる異性の存在があることを明らかにすると、アッサリと10年間の結婚生活に終止符を打つことになった。

悪魔との生活へ

平成11年1月、私は7つ年下の彼の実家で世話になっていた。娘を置いてきた罪か、私は眠れなくなり、夜中にモゾモゾしていると彼が拳で殴りかかってきた。

「コノヤロー、人が寝てるのを邪魔しやがって」

4、5発殴られただろうか。そのまま朝まで眠れずにいると、彼は「病院行って来いよ」と言い、私は千葉医大まで行った。

その日、入浴しようと裸になると右肩、腕、顔が所々アザになっていた。〝私はどこへ行っても暴力から逃げられない。お金が貯まったら1人で暮らそう〟と考えていると、彼のスカイライン（車）が古くて壊れたらしく、携帯に「迎えに来てくれ」と連絡が入った。

市外の待ち合わせ場所へ行くと、ハザードランプを付けてスカイラインが停まっていた。彼の知人も一緒だった。

「とりあえず修理工場まで持って行って、見積りだ」

知人とそう話し、壊れかけたスカイラインはレッカー車に積まれていった。

私は、気になっていることがあった。彼と同居を始めたタイミングに「スカイラインのタイヤとホイールを新調するから、合わせて12万貸して。給料から返すから」と言われ、貸していたのだ。それから2カ月経っていたので、私は「少し返して」と言った。すると、彼はとぼけた様子で、

「ダメなら次はブルーバードにでもするか！　えっ？　何か言った？　タイヤ代だって？　壊れたかもしれないのに!!　そんなこと言いやがって!!　コノヤロー、むかつく女だ」

と言い、両手両足で殴る蹴る……私は30分ぐらい暴行を受け、気がつくと床に両手足を広げた状態だった。口の中も切ったのだろう。起き上がろうとすると、血がたれてきた。

車がないので私が彼を会社まで送迎しないといけなくなった。その途中で1本の電話が鳴った。どうやら修理工場からだ。私が会社に遅刻しそうだったため、小声で「降りて」と言うと、彼は降りてくれた。

会社に着き、私は自分の仕事を頑張っていた。17時になると携帯が鳴った。

「オレ様をいつまでこの雨の中、待たせやがる!!」

怒鳴り声に震えた。私と彼の仕事場までは車だと10分ぐらいの距離だ。「今、行く

よ」と言って、迎えに行くと、待ち構えていたように「サッサと走って帰れ！」と言った。

私が運転していると「スカイライン、廃車だってよ！　だけど新品のホイールとタイヤは買い取ってくれたから、オレの小遣いになる」と言った。

私は彼に、「少しでも返してくれないと、お金ないし……」とお願いした。

元夫が私のカードを使用してブラックリストになったのは、10年かかって解除になったが、今度の彼はサラ金7カ所から300万円の借金をし、弁護士に債務整理してもらって、毎月3万円の返済をしていたのだ。私が彼の借金のことを知ったのは、最近のことだった。

家に着くと彼は「返してだと？」と言い、私の腹にグーパンチが飛んできた。さらに、背中を蹴られ、顔を殴り、ボコボコにされた。それは日常的な暴力で言葉もなかった。お金は財布から抜き取られるので、封筒に入れ、会社のロッカーの中へ鍵をかけて置いていた。

数日後も、彼を会社へ送っていた。

「ブルーバード買うから頼む！（手を合わせて）買ってください」

「いくら？」

「車検も入れると70万円です」

私は〝叩かれてもいい〟と思い、「無理です。以前（ホイール・タイヤ）のこともあるし、ご自分の親にでも……私はもう出て行くので……」と言うと、彼はいきなり泣き出し「お願いします！　もう暴力はしない！　頼むよ！」と言ってきた。

私は「今日一日、考えさせてください」と言ってしまった。

〝私は弱い人間だ〟と思った。そして、彼に「誓約書を書いてください。毎月2万円の返済で」と伝えた。

ブルーバードを購入して初めのうちは喜んでいたが、借金は3年半。車検も私頼み。「暴力はしない」との約束も、車が手に入れば守ってくれなくなっていた。

彼と一緒に暮らして、かれこれ5年近くが経った。

彼の母親もこの4年は私に卑劣なイジメを行っていた。靴の中のつま先には画鋲が入ったり、部屋がゴミの山になっていたり……私はひたすら耐えた。

そんな中、私の体に変化が起きた。平成14年9月のことだ。

トイレは2階にあった。そこで、彼の母親は私が使った〝妊娠検査薬〟を見たのだろう。外出しようとしたとき、母親に、

「ちなみさん、お腹の子、処分してきなさい。息子に負担がかかることとしないで。き

ちんとゴム付けなかったの？」

と言われた。ここまで言われたのは初めてだった。

私は〝彼の意見も聞こう！〟と思った。彼は転職をしていたし、〝自分の子どもができれば変わるはずだ〟との期待もあった。

16時ごろに帰宅し、彼が落ち着いたところでストレートに「あなたの子どもができたの」と伝えた。彼の顔を見ると、戸惑っていた。「え？　子ども……？」

続けて彼が発した言葉は「オレの親は？　もう言ったんでしょ？」だった。

私は、母親から言われた通りの言葉を返した。

「『処分しろ！　息子に負担かけるな』って、ひどいよね」

「……オレも同じだ。今は無理だ。金ないし」

私は産みたかったが、逆に考えた。〝こんな家族の家に生まれてきても恵まれず、可哀想だ〟と。

市外の産婦人科で内診を受けた。医師は「オー、元気だ。予定日は来年5月10日だよ」と行ったが、私は「産めません。中絶でお願いします」と返した。

中絶手術は10月30日にした。車に乗り、私は初めて泣いた。

「ごめんね。産んであげられなくてごめんね」

早々と手術の日がきた。彼はその最中、遊んでいたようだった。迎えに来てくれたが、私は無言状態を続けた。

〝もう決めた。この家から逃げよう〟

荷物は2、3個の段ボールのみだった。携帯電話の番号も変えた。


私は四街道に引っ越した。

有休もたっぷり残っていたので4、5日休みを取り、家電製品などを購入した。2DKの新築のアパートの2階だった。

ある日、仕事を終えて帰ると、玄関ドアに1人の男性が帽子を被って座っていた。彼だった。

〝なんで！　なんでこの場所を知ったの？〟

私は知らないふりして、カギを出し、ドアを開けてサッと入ろうとしたが、ドアに足を挟み力ずくで入ってきた。私は床に座り込み、ズルズルと引きずられた。

「どうして黙って出て行くんだ!!」

彼は私に馬乗りになって殴る蹴るの暴行をした。

バッグの中身がすべて出て、そこには私の財布もあった。だが、財布まで手が届かない。全身の力が抜け、呼吸ができないぐらいの痛みを感じ、その場で力尽きた。

翌朝、仕事を休んで総合病院を受診した。レントゲンの結果、肋骨を骨折する重傷だった。大きな声が出せなかった。

彼は「きちんと就職するし、大事にする。結婚しよう」と言った。

私は頭がボーとしている状態で、大きな決断をしてしまった。当時、精神科から処方された睡眠剤を飲んでいたせいもあっただろう。

その用紙が婚姻届とも分からず、「ねー、いいよね？」と迫る彼にサインをさせられた。私は再婚、彼は初婚だ。

数日後、少し起き上がれるようになってから、自分の名字が代わり、入籍したことを知った。

もう全てが投げやりになっていた。

籍を入れてから知ったが、夫はホストクラブで働いていた経験もあり、女性経験が豊富だった。「40～50人の女性と深い関係になった」ことなども夫本人が自白した。

だからなのか、結婚しても、ありとあらゆる職場で若い気の合う子がいると、すぐに声をかけて親密になり、密室で会っていることも多々あった。

私は両親の愛情をひとかけらも受けられず、男運も悪く、半世紀を生き抜いた。裏切らないのは仕事だけ。一生懸命、働いた。

私が再婚をしてから間もなく、弟から「オレも結婚するんだ」と連絡があった。弟の結婚は母とS氏から大祝福をされ、結納などはせずキリスト教式的に挙式したと聞いた。その後、弟のお嫁さんと連絡を取り合うこともあった。

そんなある日のこと。弟から電話がきた。

「オレも結婚したし、こっち（嫁の親せき）もたくさんいる。オレの小さな時の写真は姉ちゃんとばっかりで、姉ちゃんには生まれてからずっと世話になってきたけど……、悪いけど、オレは姉ちゃんにやってもらったことすべてを忘れて、母とうまくやっていこうと思う。姉ちゃんとは父親も違うし。だから、もう連絡も取り合わないし、姉ちゃんのことは忘れるよ」

残念だった。どれだけ自分のことを犠牲にして、弟の世話や面倒をみてきたのか。

私の実父は平成7年2月4日に肝臓ガンで亡くなっていた。私はもう〝血縁家族は、この世にいない〟と考えた。

夫からの暴行は続き、私は3度骨折をした。私の名前で4回も夫の車を購入したが、1円たりとも払ってはくれず、家賃も1円も入れてくれなかった。いわゆるヒモ状態だ。

中絶をしてから2年が経った頃、妊娠が発覚した。彼は喜んだが、私は〝2年前に喜んでくれたら……〃と素直に喜べなかった。

予定日は平成17年2月24日。つわりが昔と同じように辛く、仕事も辞めた。また寝たきりだ。

妊娠5カ月になり、夫の実家に戻る決心をした。あの家に戻ることはないと思っていたが……私は念のため、もう中絶ができない頃まで待機して、戻った。

翌年、予定日を2日遅れて男児を出産した。ビッグな赤ちゃんだ。

夫にとっては初めての子だから、父親としての自覚がそれなりに出てきたようだった。私は3人出産したことになる。

長男はよく泣く子だった。〃男の子だからか〃と思い、異変に気づかなかった。

夫は、私が子どもに付きっきりで相手にしないのが気に入らないのか、毎晩体を求め、長男がまだ乳児の頃から「次は女の子がほしい」の一点張りだった。しかし、私はもう40歳手前。「年齢的にムリだよ」と言い続けてきた。

ところが、長男が3歳児健診で「発達障害」と診断された。〃この子が成長しても、妹や弟がいた方が心強いだろう〃と考えるようになり、私は〃産むならこれが本当に最後だ〃と、42歳のラストチャンスに挑んだ。

精神科医は猛反対していたが、私は〝育児は夫に任せたらよい。7年も欲しがったのだから〟と考えていた。

産婦人科医は「4、5、6月でチャレンジして妊娠できなかった場合はあきらめて」と言い放った。しかし、5月末にめでたく妊娠が発覚。40代で妊娠となった。今までとはすべて違い、大変だった。全ての感染症を患い、つわりもひどい。そして、夫は暴力的だ。それは私だけならよかったが、長男にまで手をあげたのだ。

「オマエは小1なのに……」

私がすかさず「叩くなら私だけにして！　子どもに手をあげないで！」と言うと、夫は私に暴行してきた。もう妊娠7カ月目。腹に当たらぬよう、2人の子どもを守るのは母として当然のことだ。

2人目の娘の時と同じく。今回も計画出産を選んだ。

入院したのは平成24年2月20日。陣痛室に入ると翌朝から、誘発剤の点滴を開始。精神科と産科がチームを作っての分娩となった。医師は3名。スタッフもたくさんいた。

〝どうか、元気に生まれてきて〟

15時42分、出産した。3、446グラムの元気な男児だった。

出生後、黄疸があり、NICUに入ったが、無事に私の誕生日に2人で退院できた。浮かない顔をしているのは夫だった。私の友人にまでも「オレは男じゃなく女の子が欲しかった」と愚痴を言っていた。

夜中の授乳はもちろん、沐浴なども一切手伝わない。ずっと機嫌が悪く、子どもが泣いていてもあやすことはなかった。

交通事故

次男が生後2カ月になり、日差しが強くなりはじめた。

5月11日、休みだった夫を昼まで寝かしていた。私は夜中の授乳が続き、ろくに眠れない日々だった。

「車で15分ぐらいのところの、ベビー用品も揃っているスーパーへ連れて行ってほしい」

夫に頼むと、文句を言いながらも行ってくれた。しばらく私と子どもが店内にいただろうか。車に戻り、夫に「ありがとう。買い物終わったから……」と言うと、夫は車を発車させた。

走って7、8分たった頃、私が次男の体をポンポンと優しくたたいて寝かせていると、速度50～60キロで車の片側（私が座っている方）が電柱に激突した。原因は夫の居眠り運転だった。

電柱は曲がっていた。私は両足に助手席シートが落ち、ヘッドレストでまゆ毛からおでこにかけてバッサリと切った。すぐに次男のベルトを外し、抱っこして泣きやませようとしたが、私の血で子どもの顔がみるみる赤く染まっていった。

前のフロントを見ると白い煙が上がっていた。私は気を失いそうになった。

両足がシートに挟まり動けない。

〝こうやって人はあっけなく死んでいくのだ〟と思っていた矢先、救急車、消防、警察がやってきた。レスキュー隊員が呼びかけてくる。

私はかすかな光を見つめるかのような思いだった。

「大丈夫ですよ。今、助けます」と、今度は3、4人の声が聞こえ、その中に「爆発する恐れが……」という言葉が聞こえた。

私は〝子どもが助かったなら、もう十分〟と思った。意識が薄れていく中、約30分後に6名のレスキュー隊員に助けてもらい、一命を取り止めた。

顔、頭の手術には2時間30分ほどかかった。

その後、この夫とも離婚することとなった。平成26年6月15日、長男9歳、次男2歳の時だ。

愛するふたりの息子たち

長男には発達障害があり、次男はまだ2歳で手がかかる時期。女1人で子2人を育てるのは容易ではなかった。

長男は言葉がなかなか出ない分、何事も泣いて訴えることが多く、小学校の高学年になると、担任とも相談して普通学級から支援学級に変わった。

私が通院していた病院には思春期外来があり、そこの医師からは「中学からは支援学校に行かせてね。本人のためだよ」と言われていた。私の心も〝支援学校へ行かせよう〟と決まっていたが、小学校6年の夏に長男に直接聞いてみた。

「地元の中学校と支援学校、どっちに行きたい？」

「みんなと同じ中学校、S中学校へ行くんだ‼ いいでしょ？ みんなと一緒がいい‼」

長男は即答した。今まで自分の意志を伝えることがなかったので、私は驚いた。ただ、ハンディキャップを抱えながら、普通の中学校に通わせることについて、私にはやはり不安があった。

しかし、6年生の11月。中学校の制服を購入するため、採寸をしに行った時のこと。試着室のカーテンを開けて、長男の制服姿を見た瞬間、体より制服が二回りほど大きかったが、私の目に涙が浮かんだ。

〝本当に中学生になるんだね。大きく成長したんだね。本人の希望どおり、みんなと同じ中学校に行かせよう……〟

小学校の6年間、長男は1日も休まなかったため、卒業証書とは別に皆勤賞の賞状も頂いた。校長先生から、

「お母さんと息子さんの2人で6年間頑張り、もらった賞だね」と言ってくれた。

私は自分のことを思い出していた。6年間どころか、6年のうち数日間しか出席できなかったこと。これは、本当に私と息子の二人三脚でもらった賞だと思った。

中学校へ入ると、やはり普通クラスでは難しく、支援学級へ異動した。数カ月間頑張って通っていたが、腹痛を訴えるようになり、1人では学校に行けなくなった。近所の小児科にも連れて行ったが、身体的に問題はなかった。しばらくは私が毎朝車で送迎することになったが、数週間が経つと自力で自転車で通うようになった。

そして、次男は保育園から小学校へ入学した。

今度は次男の方にも手がかかりはじめる。始まってしまったのだ、いわゆる反抗期というものが。

学校でストレスがたまるのか、「ババァ、コノヤロー」などと言って拳で殴ってきたり、麻痺している私の右足等を蹴ってきたのだ。それは毎日続くようになっていき、また私を苦しめた。

長男と次男の年の差は7つ違い。私と異父弟の年の差も8つ違いだった……。〝運命なのか？〟しかし、私の息子は、兄が弟をよく泣かせる。私と弟にはあり得ないことだった。

母1人で障害児のいる子を養育していくのは、想像を超えて難しかったが、私はいつも〝どうしたら3人で楽しく生きていけるのだろう〟と考えていた。公園へ行き、子どもが喜ぶことを常に考え、休みの日には3人一緒にハンバーグや餃子などを作って楽しんだ。私が思い浮かべていた笑顔の食卓は、お金が貧しくても穏やかで幸せなのだ。

今、私の愛する息子達は中3と小2になった。

長男は来春、中学校を卒業する。市外の支援高等学校に入学が決まっており、社会に出て自立するために、学校の寮に入ることも決まっている。

立派じゃなくてもいい。自分のことが自分でできるようになれば……。

息子よ、あなたたちには未来がある。ゆっくり前を見て進んでいこう。３人で仲良く、いつまでも……。


私の母は、今、80歳を前にしても、なおS氏と暮らしているそうだ。35年以上も続いているのは、20歳も若い男だったからであろうか？　あの人にはいつも男がそばにいて、お金に苦労しない80年間だったのだろう。あの人は常に自分の体を商売としてさらけ出す「娼婦」だった。私は今になっても「母」と言葉にしたくない。


そして、今を生きる私は、闘病生活を続けながら、前を見て、シングルマザーとして生き続けている。

病名は「ＰＴＳＤ（虐待含む）」「解離性障害」だ。知的・身体も同時に平成21年１月16日障害者として認定され、精神障害手帳を交付された。

私は車イスから杖の暮らしで、右手が使えない。この原稿も痛み止めを飲みながら必死で書いている。私は母よりも長生きできない体だろう。息子達の成長を見届けられるかも分からない。

ただ、今、一日一日を必死に生きている。子を残して逝くわけにはいかない。それが私の使命だから。

シングルで障害を抱えながらの生活は並大抵のことではない。毎日リハビリに通いながら、今日も頑張って生き続けている。哀れみの顔をして見られることもあるけれど、新しい令和の時代になり、子どもの声・笑顔・優しさがそばにはある。私は2人の息子達にたくさんの笑顔をもらって生きている。

〝人生は、これからだ！〟

そう強く思う。叶うなら、いつまでも息子達と笑顔で暮らし続けたい。今の願いだ。

それぞれの進む道は人と違っても、

「自分らしく生きていく」

それでいいと、私は思う。

そして、今を生きる

〝台風15号の災害を乗り越えて〟

令和元年9月9日未明、千葉県で暮らす私達親子は被災者となった。停電、断水、床上浸水だ。この災害国である日本で初めての経験だ。防災無線も聞こえず、携帯も使えず、ガソリンもない。コンビニにも食材はなく、避難所も「カンパン」のみ。はじめの4、5日、恐怖と不安に襲われた。おにぎり1個も子ども2人に食べさせた。

誰とも連絡取れず孤立状態のなか、災害から5日目の晩、友人と連絡が取れ、友人の実家でお世話になるも、浸水にあった自宅は汚水でメチャクチャだった。市が消毒に来た。

停電等々から16日目、やっと復旧した。まだ暮らせる状況ではなかったが、日常の生活に戻っていくのは容易ではない。

災害から17日目、足に痛みが起き、エコノミー症候群と診断され、また薬が増えたが、周りのたくさんの方々からの支援のお陰で私は生き抜いた。
親子3人頑張ったね、と言いたい。

あとがき

私、本間ちなみは、知的、精神、身体（軽度）３つの障害を抱えながら、懸命に生き抜いている。私はこの世に生まれてから、人間として扱われて生きてきたのだろうか？　親に棄てられて、毎日暴力を受け、学校へ行けなかった日々……。しかし、決して後ろを振り向かず乗り越えてきた。確かに私は昭和、平成の時代を一生懸命生き抜いた。

そして、新しい時代・令和だ。シングルマザーになって5年。これからどのくらい生きていけるのだろうかと思うが、私は１人の母として生き続けたい。

こうして私の生きた証が１冊の本として残せて幸せです。

私を応援してくださった方々……

ヘルパーさん、いつも私の話を聞いてくださりありがとうございました。

主治医、他の医師、ケースワーカーさん、ケアマネージャーさん。そして大切な友人、私に関わっていただいた多くの方々、私と出会ってくれてうれしかったです。
市役所、行政機関の方々もいつも励ましてくれてありがとうございました。
そして2人の息子たち、お母さんの子として生まれてきてくれて本当にありがとう。

本間ちなみ プロフィール

1969年生まれ
神奈川県川崎市（現・横浜市）出身
千葉県在住
PTSD（虐待含む）・解離性障害の精神障害に加え、知的障害、身体障害と3つの障害を抱えながら、シングルマザーとして懸命に生き抜いている。

明日（あす）も生（い）きる

2019年11月22日　初版第一刷発行
2020年1月30日　初版第二刷発行

著　者　本間ちなみ
発行人　新本勝庸
発行所　リーブル出版
〒780-8040
高知市神田2126-1
TEL088-837-1250
装　幀　傍士晶子
印刷所　株式会社リーブル

定価はカバーに表示してあります。
落丁本、乱丁本は小社宛にお送りください。
送料小社負担にてお取り替えいたします。

ISBN 978-4-86338-264-0